163 - Granet Couvent. (Mercredi) —— ASX -
5 - Bosio Les Joueurs de loto (Lundi) —— OSX -
25 - Corot. Albano. (Lundi.) —— ASX -
32 - Daumier. Gare St Lazare (Lundi) —— ASXX - ENSX
34 Daumier. Le Concert. (Lundi) —— NSXX. ENSX.
215 Millet. Aquarelle Paysage (Mardi) ~~ITX~~
PLLSX.

COLLECTION HENRI ROUART

Acheté par moi

32 Daumier Gare St Lazare. —— 8100
163 Granet. Intérieur de Couvent —— 950.

9050
905

9955

Produit de la Vente des dessins & Pastels
994 050.

Produit des deux Ventes 5.650.910. DEUXIÈME VENTE

ORDRE DES VACATIONS

Le lundi 16 décembre 1912

Numéro 1 *à numéro* 100 : Barye-E.-Delacroix.

Le mardi 17 décembre 1912

Numéro 200 *à numéro* 296 : Lami-Vigée.

Le mercredi 18 décembre 1912

Numéro 101 *à numéro* 199 : E. Delacroix-Lagneau.

CONDITIONS DE LA VENTE

Elle sera faite au comptant.

Les acquéreurs payeront 10 p. 100 en sus des enchères.

L'Exposition mettant le public à même de se rendre compte de l'état et de la nature des tableaux, il ne sera admis aucune réclamation une fois l'adjudication prononcée.

Imprimerie Saint-Germain, 15, Rue des Canettes

Daumier page
Millet page

Delacroix page
Ce que je voudrais acheter page

2 Barye 1. Panthère noire
no 2 Tigre.
1 Georges Bellanger Au Café
1 Bonvin La cuisinière.
2 Bosio 5. Les Joueurs de loto (Centennale)
6 Le Concert.
3 Boudin 7. Dordrecht.
no 8 Rotterdam no 9 Un canal
1 Bourdon Les mages.
2 Cals 11. Fe se reposant
12. Fe assise
1 Carême Bacchanales
1 Miss Cassatt Fe tenant un enfant (Pastel)
1 Charlet Un officier de la garde
15 Corot.

1 Daubigny no 30 Paysage (Centennale)
33 Daumier
23

V.

1 **Dauzats**. La Tour de Comares à l'Alhambra (Grenade)
2 **David** LePelletier de St Fargeau mort
figure p le Sacre de Napoléon
2 **Decamps**. Rue de Village
69 – Rue en Orient.
8 **Degas** 70 chez la modiste
71 La chanson du chien
72 Danseuse sur la Scene
73. Danseuse sort de sa loge (fenetre)
74 Dans les coulisses.
75 Danseuse au repos.
76. Danseuse
77 P de Mme X.
63 **Delacroix**.

2 Dufeu 142 arc de triomphe (Carrousel) aquarelle -
143 Rues en Normandie - aquarelle
1 D. Dumonstier Caumont Laforce
1 Ecole Anglaise XIX. no 145 P. d'un officier.
1 Ecole franç. XVIII no 146 P. de Quantin Latour.
1 Ec. fr. XVIII no 147 Jc fe.
1 Ec fr XVIII no 148 F. jouant avec des enfts
1 Ec Holl. XVII no 149 Paysage.
1 Ec Hol. XVII no 150. Marine.
1 Fantin no 151. Diane.
4 Forain no 152 Couloir de théâtre (aquarelle.)

1 Cl. Lorrain Le passage du troupeau

1 Goya Scenes de Sabbat.
7 Granet 158. Cardinal visit un couvent (Fr. de la Salle) aquarelle
159 La mort du Poussin (Sépia)
160 Intérieur de Couvent (Sépia)
161. Intérieur Salle d'Ecole (Sépia)
162 Assemblée religieuse - (Sépia)
163 Intérieur de Couvent. (Plume & Sépia.)
13 Heim
1 Hervier no 179 au village
1 J. B. Huet. no 180 La toilette de Vénus.
1 Paul Huet no 181. Paysage.
3 Ingres no 182 P. d'Alaux
no 183. Etude pr le rêve d'Ossian.
184. Etude pour Oedipe.
2 Eug Isabey. no 185 En Bretagne
no 186 Intérieur d'Eglise.

12 Jongkindt.

6 Lami n° 200 Simone (Musset.)
201 St Georges.
204. Projet de cheminée
202. Horse Guard
203. Etude de chevaux.
205. Projet de plafond.
1 Lhermitte 206 Tête de fe (Fusain)
1 Manet 207 Etude pr l'Olympia. (Sanguine)
58. Millet.

1 **Berthe Morizot** 267 f. enft au bord de la mer (Aquarelle) 5

1 **Pissarro** 268 Route, sortie d'un Village (Aquarelle gouachée)

1 **N Poussin** 269. Mars & Vénus - (Plume - Sépia)

6 **Prudhon** 270 L'ame brist. les liens

271 Fe debout appuyée sur une rame

272. Je fille.

273 Baigneuse

274 Etude de tete

275 3 Portraits - 1o h. 2o Mme Jarre 3o h. profil

3 **P. de Chavannes**. 276. La famille du pecheur

277 Torse de fe

278. La Vigilance

12 **Th. Rousseau** 279 Fermes sous bois

280 Les Blés.

281 Paysage

282. Le grand Chene.

283 - Bords de la Seine près Melun

284 Chemin Gorges d'Apremont

285. Arbres - Rochers - Fontainebleau

286. Le long Rocher

287 Pommiers Belle Marie

288 Mt Blanc Faucille.

289 Paysage 290 Paysage

2 **Carrier?** 291 Tete de Je fille (Dessin aux 3 Crayons)

292. Faunes enfants - (Sanguine)

3 **D. Tiepolo**. 293. La Trinité

294. Centaure enlevt une fe. 295 Centaure & fe

1 **Louis Régis?** 296. Pastel. Pdh. (Vte Marcille.)

1 **Villeville?** 297 Paysage. Crayon noir.

Daumier.

Delacroix.

CATALOGUE

DES

DESSINS & PASTELS

ANCIENS ET MODERNES

par

Barye. — Bonvin. — Boucher. — Boudin. — Cals. — Caresme. — Mary Cassatt. — Corot. — Daubigny. — Daumier. — David. — Decamps. — Degas. — Delacroix. — Dumonstier. — Fantin-Latour. — Forain. — Goya. — Guardi. — Ingres. — Isabey. — Jongkind. — Lagneau. — Lami. — Lhermitte. — Manet. — J.-F. Millet. — Berthe Morisot. — Pissarro. — Le Poussin. — Prud'hon. — Puvis de Chavannes. — Théodore Rousseau. — Tassaert. — Tiepolo, etc., et deux eaux fortes, par J.-F. Millet.

composant la collection de feu

M. HENRI ROUART

et dont la vente, par suite de son décès, aura lieu à Paris

GALERIE MANZI-JOYANT

15, rue de la Ville-l'Evêque

Les lundi 16, *mardi* 17 *et mercredi* 18 *décembre* 1912,
à 2 heures précises

Commissaires-Priseurs

Me F. Lair-Dubreuil 6, rue Favart, 6	Me Henri Baudoin 10, rue Grange-Batelière, 10

Experts

MM. Durand-Ruel et Fils 16, rue Laffitte, 16	M. Hector Brame 2, rue Laffitte, 2

EXPOSITIONS

Particulière, le samedi 14 décembre 1912, de 1 h. ½ à 6 heures.
Publique, le dimanche 15 décembre 1912, de 1 h. ½ à 6 heures.

DESSINS & PASTELS

1 BARYE (A.-L.), 1795-1875. — *Panthère noire.*

Une panthère noire marche dans un paysage montagneux.
Signé à gauche.
N° 119 du catalogue de la vente Barye, 7 février 1876.
N° 5 du catalogue de l'Exposition centennale de l'Art français, 1889, sous le titre, *Lion traversant un passage de montagne.*

Aquarelle.

Haut. : 23 cm.; larg. : 30 cm.

2 BARYE (A.-L.). — *Tigre.*

Il est couché sur l'herbe, étendu sur le dos, les pattes ramenées vers le corps.
Fond de rochers.
Signé vers le haut, à droite.
N° 699 du catalogue de l'Exposition centennale de 1900, sous le titre : *Tigre renversé.*
Au verso, cachet de la vente Barye.

Aquarelle.

Haut. : 21 cm.; larg. : 27 cm.

3 BELLANGER (Georges). — *Au Café.*

Deux femmes sont attablées dans un café. Au fond, se reflétant dans une glace, la silhouette des consommateurs.

Dessin au crayon noir.

Haut. : 31 cm.; larg. : 36 cm. 1/2.

4 BONVIN (Fraçois), 1817-1887. — *La Cuisinière.*

En grande coiffe blanche, elle rentre du marché et pose sur une table les légumes qu'elle sort de son panier.
Signé à droite et daté, 1861.

Dessin au crayon noir.

Haut. : 41 cm.; larg. : 31 cm.

5 BOSIO (Jean-François), 1764-1827. — *Les Joueurs de loto.*

Dans un salon éclairé par deux lampes suspendues au plafond, des hommes et des femmes en costume directoire sont réunis autour d'une table et jouent au loto. Un jeune homme, debout, appelle les numéros. Adossé à la cheminée, un homme âgé regarde les joueurs.
N° 740 du catalogue de l'Exposition centennale de l'Art français, 1900.

Dessin à la plume et au lavis.

Haut. : 27 cm. 1/2; larg. : 42 cm. 1/2.

6 BOSIO (Jean-François). — *Le Concert.*

A gauche, dans un salon directoire, un quatuor de musiciens : flûte, violon, violoncelle et serpent, le violon debout, les trois autres assis. A droite, un groupe d'hommes et de jeunes femmes décolletées.

Dessin à la plume et au lavis.

Haut. : 31 cm.; larg. : 42 cm. 1/2.

7 BOUDIN (Eugène), 1834-1898. — *Vue de la ville de Dordrecht.*

Au premier plan, un quai où sont amarrés des bateaux; au fond, une église.
Signé à droite et daté, Dordrecht, 1875.

Aquarelle.

Haut. : 24 cm.; larg. : 31 cm.

8 BOUDIN (Eugène). — *Vue de Rotterdam.*

A gauche, des bateaux sont amarrés; à droite, le bassin d'un port. Au fond, des maisons et des bateaux.
Signé à droite et daté, Rotterdam, 1875.

Aquarelle.

Haut. : 25 cm.; larg. : 31 cm. 1/2.

9 BOUDIN (Eugène). — *Vue d'un canal.*

Au premier plan, le cours du canal va en s'élargissant. Plus loin, quelques péniches le long des rives. Dans le fond, une écluse, des arbres et des maisons sur un quai.
Signé à droite.
Aquarelle.

Haut. : 19 cm. 1/2; larg. : 26 cm. 1/2.

10 BOURDON (Sébastien), 1616-1671. — *L'Adoration des Rois Mages.*

A gauche, saint Joseph, debout, et la Sainte Vierge, assise, tenant dans ses bras l'Enfant Jésus, que viennent adorer les Rois Mages. A droite, un cheval se cabrant et des serviteurs agenouillés.

Dessin à la sépia.

Haut. : 22 cm. 1/2; larg. :36 cm. 1/2.

11 CALS (1810-1880). — *Femme se reposant.*

Couchée sur le dos, une femme, nue, la tête appuyée sur un oreiller, se repose.
A gauche, cachet de la vente Cals, et daté, 24 avril 1876

Dessin au crayon noir, rehaussé de blanc.
Haut. : 23 cm.; larg. : 34 cm.

12 CALS. — *Femme assise.*

Elle est vue de face, la tête penchée vers la gauche, les mains croisées sur la ceinture.
A gauche, cachet de la vente.

Dessin au crayon noir.
Haut. : 19 cm.; larg. : 15 cm.

13 CARESME (Jacques-Philippe), 1754 - 1796. — *Bacchanale.*

Dans une clairière, des faunes et des faunesses sont réunis et dansent autour d'une statue de Priape devant laquelle fume un brûle-parfum soutenu par un trépied.
Signé à gauche, sur le trépied.

Dessin à la plume, rehaussé d'aquarelle.
Haut. : 37 cm.; larg. : 54 cm.

14 CASSATT (Mary). — *Jeune femme tenant un enfant dans ses bras.*

Une jeune femme est vue de face, en robe blanche à fleurs rouges, tenant dans son bras gauche un enfant en chemise.
Signé à droite.

Pastel.
Haut. : 64 cm.; larg. : 49 cm.

15 CHARLET (Nicolas-Toussaint), 1792-1845. — *Un officier de la garde.*

Il est vu de dos, en habit bleu, la tête tournée vers la gauche. Au fond, un cheval mort et des cuirassiers chargeant.
Signé à gauche et daté, mai 1819.

Aquarelle.

Haut. : 9 cm.; larg. : 7 cm.

16 COROT (Camille), 1796-1875. — *La Cathédrale de Chartres.*

Au premier plan, une rivière avec des arbres dépouillés; dans le fond, à droite, la cathédrale dominant les maisons de la ville.
Signé à gauche.

Aquarelle.

Haut. : 23 cm.; larg. : 33 cm. 1/2.

17 COROT (Camille). — *A Castel-Saint-Elie.*

Au premier plan, un grand ravin boisé; dans le fond, la ville et des montagnes.
Signé à droite et daté Castel-Saint-Elie, octobre 1829.
A gauche, cachet de la vente Corot.
Vente Corot, mai-juin 1875. (Partie du n° 522.)
Cité et reproduit dans l'*Œuvre de Corot*, par MM. Robaut et Moreau-Nélaton, tome IV, page 26, n° 2581.

Dessin à la plume.

Haut.: 26 cm. 1/2; larg.: 40 cm.

18 COROT (Camille). — *Femme nue.*

Elle est debout, la tête légèrement penchée vers la droite, les deux bras croisés au-dessus des seins.
A gauche, cachet de la vente Corot.
Vente Corot, mai-juin 1875, partie du n° 554 du catalogue.
Exposition centennale de l'Art français, 1889, n° 122 du catalogue.
Cité dans l'*Œuvre de Corot*, par MM. Robaut et Moreau-Nélaton, tome IV, page 63, n° 2869, et reproduit tome I, page 114.

Dessin à la mine de plomb.

Haut. : 47 cm.; larg. : 24 centimètres.

19 COROT (Camille). — *Jeune femme couchée, la main sur la poitrine.*

Vêtue d'une jupe courte, le haut de la poitrine découvert, les paupières fermées, elle dort, une main appuyée sur le sol.
A gauche, cachet de la vente Corot.
Vente Corot, mai-juin 1875, partie du n° 554 du catalogue.
Cité dans l'*Œuvre de Corot*, par MM. Robaut et Moreau-Nélaton, tome IV, page 52, et reproduit, tome I, page 74, n° 2780.

Dessin à la mine de plomb.

Haut. : 28 cm. 1/2; larg. : 38 cm. 1/2.

20 COROT (Camille). *Marino.*

Une route descend dans un ravin à travers des rochers et des arbres. Au premier plan, des Italiennes et des cavaliers; en haut, à droite, sur une colline, des maisons. Daté, Marino, mai 1827.
A gauche, cachet de la vente Corot.
Vente Corot, mai-juin 1875, partie du n° 519.
Cité et reproduit dans l'*Œuvre de Corot*, par MM. Robaut et Moreau-Nélaton, tome IV, page 26, n° 2582.

Dessin à la mine de plomb.
Haut. : 28 cm. 1/2; larg. : 41 cm.

21 COROT (Camille). — *Castel Saint-Elie.*

Dans un site montagneux, une église est adossée à des rochers.
A gauche, cachet de la vente Corot.
Vente Corot, mai-juin 1875, partie du n° 534 du catalogue.
N° 832, du catalogue de l'Exposition centennale de l'Art français, 1900.
Cité dans l'*Œuvre de Corot*, par MM. Robaut et Moreau-Nélaton, tome IV, page 32, n° 2631, et reproduit tome I, page 37.

Dessin à la plume.
Haut. : 26 cm. 1/2; larg. : 44 cm. 1/2.

22 COROT (Camille). — *Etude d'atelier.*

Une femme est vue presque de face, s'appuyant sur le bras droit.
Vente Corot, mai-juin 1875, partie du n° 884 du catalogue.
Cité dans l'*Œuvre de Corot*, par MM. Robaut et Moreau-Nélaton, tome IV, page 55, n° 2801, sous le titre : *Académie de femme assise*, et reproduit tome I, page 83.

Dessin à la mine de plomb.
larg. : 30 cm. Haut. : 27 cm. 1/2;

23 COROT (Camille). — *Rome, le long de la villa Médicis.*

La rue est bordée à gauche par des maisons, à droite par un mur de jardin, au haut duquel on voit une statue dressée au milieu des feuillages, à côté d'un grand pin parasol. Dans le fond, une église.
Daté à droite, Rome, octobre 1827.
A gauche, cachet de la vente Corot.
N° 359 du catalogue de la vente Doria, 5 mai 1899.
Exposition centennale de l'Art français, 1900, n° 830 du catalogue.
Cité et reproduit dans l'*Œuvre de Corot*, par MM. Robaut et Moreau-Nélaton, tome IV, page 26, n° 2583.

Dessin à la plume, rehaussé de sépia.
Haut. : 36 cm.; larg. : 27 cm.

24 COROT (Camille). — *Fillette pleurant.*

Assise à terre, les pieds nus, elle est vue de face, la tresse de ses cheveux dénouée, sa main gauche cachant sa figure.
Reproduit dans l'*Œuvre de Corot*, par MM. Robaut et Moreau-Nélaton, tome I, page 73, et cité tome IV, page 47, n° 2746, sous le titre : *Une femme affligée.*

Dessin à la mine de plomb.
Haut. : 26 cm. ; larg. : 20 centimètres.

25 COROT (Camille). — *Environs d'Albano.*

A gauche, arbres au milieu des rochers ; à droite, une route avec des cavaliers.
A gauche, cachet de la vente Corot.
Vente Corot, mai-juin 1875, partie du n° 520 du catalogue.
Cité et reproduit dans l'*Œuvre de Corot*, par MM. Moreau-Nélaton, page 26, n° 2584.

Dessin à la plume.
Haut. : 31 cm. ; larg. : 29 c. 1/2.

26 COROT (Camille). — *Paysage.*

Un chemin bordé d'arbres et de rochers.
A gauche, cachet de la vente Corot, mai-juin 1875.
Cité dans l'*Œuvre de Corot*, par MM. Robaut et Moreau-Nélaton, tome IV, page 18, n° 2533.

Dessin à la mine de plomb.
Haut. : 33 cm. 1/2 ; larg. : 41 cm.

27 COROT (Camille). — *Environs de Royat.*

Amas de rochers sous des arbres touffus.
Signé à droite et daté, Royat, 2 août 1839.
A gauche, cachet de la vente Corot.
Vente Corot, mai-juin 1875, partie du n° 520 du catalogue.
Cité dans l'*Œuvre de Corot*, par MM. Robaut et Moreau-Nélaton, tome IV, page 44, n° 2713, et reproduit tome I, page 77.

Dessin à la plume et à la mine de plomb.
Haut. : 28 cm.; larg. : 42 cm. 1/2.

28 COROT (Camille). — *Un vieillard.*

Un vieillard, nu, à grande barbe et à longs cheveux, est vu de profil à droite, couché, et s'appuyant sur le coude gauche.
A gauche, cachet de la vente Corot.
Vente Corot, mai-juin 1875; partie du n° 554 du catalogue.
Cité dans l'*Œuvre de Corot*, par MM. Robaut et Moreau-Nélaton, tome IV, page 52, n° 2773, et reproduit tome I, page 85.

Dessin à la mine de plomb.
Haut. : 22 cm. 1/2; larg. : 32 cm. 1/2.

29 COROT (Camille). — *Arbres dans les rochers.*

Parmi les rochers, plusieurs arbres. Une Italienne et deux enfants passent vers la gauche du paysage.
A gauche, cachet de la vente Corot.
Vente Corot, mai-juin 1875, partie du n° 534 du catalogue.
Cité et reproduit dans *l'Œuvre de Corot*, par MM. Robaut et Moreau-Nélaton, tome IV, page 16, n° 2526.

Dessin à la mine de plomb.
Haut. : 28 cm. 1/2; larg. : 37 cm.

29*bis* COROT (Camille). — *Etude pour l'incendie de Sodome.*

Un homme nu s'enfuit, les mains levées au-dessus de la tête.
A gauche, cachet de la vente Corot.
Cité dans l'*Œuvre de Corot*, par MM. Robaut et Moreau-Nélaton, tome IV, page 47, sous le n° 2735, et reproduit tome I, page 102.

Dessin à la mine de plomb.
23 centimètres. Haut. : 31 cm.; larg. :

30 DAUBIGNY (Charles), 1817-1878. — *Paysage.*

A droite, des arbres sur la pente d'un ravin; à gauche, des rochers à pic, dominés par des fortifications.
Signé à droite.
N° 131 du catalogue de l'Exposition centennale de l'Art français, 1889.

Dessin au crayon noir.
Haut. : 38 cm.; larg. : 46 c.

31 DAUMIER (Honoré), 1808-1879. — *La Parade foraine.*

Sur les tréteaux d'un théâtre de foire, le personnel cherche à attirer le public. Le directeur commente à pleine voix l'enseigne où est peint un crocodile; une grosse femme montre l'entrée de la baraque, faisant signe, des doigts levés, que l'entrée ne coûte que deux sous. Le paillasse, au justaucorps rouge, grimace et se contorsionne, tandis que deux musiciens, en uniforme de fantaisie, s'apprêtent à jouer.
N° 20 du catalogue de la vente Alexandre Dumas fils, 16 février 1882.
N° 137 du catalogue de l'Exposition centennale de l'Art français, 1889.
Cité dans *Honoré Daumier*, par Arsène Alexandre, page 377, et reproduit page 169.

Aquarelle.

Haut. : 26 cm. 1/2; larg. : 36 cm. 1/2.

32 DAUMIER (Honoré). — *La Gare Saint-Lazare.*

Des hommes, des femmes et des enfants, se pressent pour prendre le train que l'on aperçoit dans le fond, à gauche. Signé à droite.
N° 138 du catalogue de l'Exposition centennale de l'Art français, 1889.
Cité dans *Honoré Daumier*, par Arsène Alexandre, page 377, sous le titre : *Départ du train.*

Aquarelle.

Haut. : 14 cm. 1/2; larg. : 25 cm.

33 DAUMIER (Honoré). — *Au théâtre.*

Au premier plan, assises en pleine lumière, trois femmes décolletées assistent au spectacle. Derrière elles, dans la pénombre, un vieillard, vu de profil et un homme à favoris noirs.
Signé des initiales H. D., à droite.

Aquarelle.
Haut. : 19 cm.; larg. : 26 cm.

34 DAUMIER (Honoré). — *Le Concert.*

Un homme, assis dans un fauteuil, écoute les musiciens qui jouent derrière lui.
Signé des initiales H. D., à gauche.

Dessin au crayon noir et à la plume, rehaussé de lavis.
Haut. : 29 cm.; larg. : 23 cm. 1/2.

35 DAUMIER (Honoré). — *Vieille femme.*

Vue en buste et de trois quarts à gauche, elle est coiffée d'un bonnet d'où s'échappent ses cheveux en désordre.
Signé des initiales H. D., à gauche.

Dessin au crayon noir, rehaussé d'aquarelle.
Haut. : 10 cm.; larg. : 8 cm.

36 DAUMIER (Honoré). — *Les Buveurs.*

Leur verre à la main, deux hommes, l'un vis-à-vis de l'autre, se versent à boire.
Signé à droite.

Dessin au crayon noir, rehaussé lavis.
Haut. : 26 cm.; larg. : 20 cm.

1200 37 DAUMIER (Honoré). — *Robert Macaire.* 1850

Quatre personnages dans un même cadre : Robert Macaire en buste, cheveux et favoris roux, le chapeau sur la tête; l'acteur [illegible] dans un drame, tenant de la main gauche un [illegible] ensanglanté; Robert Macaire en buste, mais sans chapeau; Bertrand en buste.
Initiales H. D., sur chaque aquarelle signée.
Cité dans *Honoré Daumier*, par Arsène Alexandre, page 378. L'un des dessins est reproduit à la page 137 du même ouvrage, sous le titre : *Robert Macaire.*

Dimensions de chaque aquarelle.
Haut. : 13 cm.; larg. : 10 cm.

38 DAUMIER (Honoré). — *Un « ex-lion ».* 780

En habit noir ouvert, la main gauche passée dans l'entournure du gilet blanc, il se tient debout, le coude appuyé sur un meuble.
Signé des initiales H. D., à gauche.
A droite, la légende : « Un ex-lion ».
Cité dans *Honoré Daumier*, par Arsène Alexandre, page 377, sous le titre : *Un Ex-beau.*

Plume et lavis.
Haut. : 20 cm.; larg. : 13 cm.

39 DAUMIER (Honoré). — *Au bureau d'un théâtre.* (non vendu)

faux

Des spectateurs viennent prendre leurs places. Un homme, en chapeau haut de forme, se penche vers le guichet.
Signé des initiales H. D., à droite.

Dessin à la plume et au lavis.
Haut. : 23 cm.; larg. : 16 cm.

40 DAUMIER (Honoré). — *Au bal masqué.*

En habit noir, le chapeau sur la tête, deux hommes, dont l'un est affublé d'un énorme faux-nez et de grosses lunettes, sont assis sur une banquette; devant eux, un pierrot, debout, les mains sur ses genoux ployés, les regarde en riant.
Cité dans *Honoré Daumier*, par Arsène Alexandre, page 377.

Préparation, au lavis, pour une gravure sur bois.
Haut. : 15 cm.; larg. : 21 cm. 1/2.

41 DAUMIER (Honoré). — *La Tasse de café.*

Un homme, coiffé d'un chapeau défoncé, un foulard noir autour du cou, en redingote couleur marron, est assis, vu à mi-corps, devant une table. D'une main il tient une tasse, de l'autre une soucoupe dans laquelle il a versé du café.
Signé des initiales H. D., à droite.

Aquarelle.
Haut. : 29 cm.; larg. : 24 cm.

42 DAUMIER (Honoré). — *Etudes d'avocats.*

Un homme du peuple, sa casquette à la main, est debout devant deux avocats dont l'un tient un papier.
Signé des initiales H. D., à droite.

Dessin à la plume, rehaussé de lavis.
Haut. : 22 cm.; larg. : 31 cm.

43 DAUMIER (Honoré). — *A l'audience.*

Trois magistrats siègent à l'audience. Le président, la toque sur la tête, se penche vers son collègue de gauche. Le troisième juge somnole.
Cité dans *Honoré Daumier*, par Arsène Alexandre, page 378.

Dessin à la plume et au lavis.
Haut. : 13 cm.; larg. : 24 cm. 1/2.

44 DAUMIER (Honoré). — *Déménagement du Constitutionnel.*

Un vieillard joufflu, coiffé d'un bonnet de coton, un chapeau dans la main gauche, une béquille sur l'épaule droite, est assis au milieu d'accessoires de toute sorte, transportés sur une charrette à bras. Dans les brancards, un homme tire péniblement, tandis que deux autres poussent avec force.
Cité dans *Honoré Daumier*, par Arsène Alexandre, page 378, sous le titre : *Déménagement.*

Dessin à la mine de plomb et au crayon noir.
Haut. : 29 cm. 1/2; larg. : 43 cm.

45 DAUMIER (Honoré). — *Un Buveur.*

Il est attablé, un verre à la main.
Signé du monogramme, à droite.
Cité dans *Honoré Daumier*, par Arsène Alexandre, page 377.

Dessin au crayon noir, rehaussé de lavis.
Haut. : 17 cm. 1/2; larg. : 14 cm. 1/2.

46 DAUMIER (Honoré). — *Les Saltimbanques.*

Un saltimbanque, debout, bat le tambour. A droite, un enfant est accroupi sur un tapis; à gauche, près d'une vieille femme assise, un jeune garçon est debout. Au fond, les baraques de la foire et la foule des badauds. Dessin à la plume, rehaussé de lavis.

Haut. : 31 cm. 1/2; larg. : 38 cm. 1/2.

47 DAUMIER (Honoré). — *Malade alité.*
Il est couché, la tête inclinée sur l'épaule droite.

Dessin à la plume et au lavis.
Haut. : 12 cm.; larg. : 22 cm.

48 DAUMIER (Honoré). — *Deux croquis.*

I. — Tête de femme encapuchonnée et vue de trois quarts à gauche.
Signé des initiales H. D., à droite.
Dessin à la plume et au lavis. — Haut. : 12 cm.; larg. : 10 cm.
II. — Tête d'homme vu de face et riant.
Signé des initiales H. D., à gauche.

Dessin à la plume.
Haut. : 17 cm.; larg. : 13 c. 1/2.

49 DAUMIER (Honoré). — *Têtes d'hommes et de femmes.*

I. — Deux femmes, dont l'une a le haut de la figure recouvert d'un voile, se regardent.
Signé des initiales H. D., à droite.

Aquarelle.

Haut. : 12 cm.; larg. : 16 cm. 1/2.

II. — Têtes d'hommes.
Au verso : buste d'homme, de profil vers la gauche.
Signé des initiales H. D., à gauche.
Deux dessins à la plume.

Haut. : 1° 13 cm.; larg. : 14 cm. 1/2;
2° 14 cm.; larg. : 12 cm.

50 DAUMIER. — *Avocats et Accusés.*

I. — Un avocat vu de face, la toque sur la tête.
Signé des initiales H. D., à droite.
Dessin à la plume, lavé d'encre de Chine.

Haut. : 11 cm.; larg. : 10 cm.

II. — Deux accusés se regardent; l'un, de trois quarts à droite, l'autre de profil à gauche.
Signé des initiales H. D., à droite.
Aquarelle.

Haut. : 14 cm. 1/2; larg. : 12 cm.

III. — Un avocat plaidant, de profil à gauche, la main droite levée, la gauche appuyée sur la barre.
Dans le haut, la légende : *Souvenirs du Palais, l'exorde.*

Dessin à la mine de plomb.

Haut. : 15 cm.; larg. : 12 centimètres.

51 DAUMIER (Honoré). — *Apollon et Minerve.*

Apollon au crâne dénudé, en lunettes et costumé à l'antique, joue de la lyre; tandis que Minerve, voûtée, un casque sur la tête et drapée dans une étoffe bleue, tricote.
Signé des initiales H. D., au bas de chaque dessin.
Dessin au crayon noir, rehaussé d'aquarelle.

Dimensions de chaque dessin : haut. :28 cm. ; larg. : 19 cm.

52 DAUMIER (Honoré). — *Les Anciens Dieux.* — *Jupiter.*

De profil à droite, la barbe blanche, le nez rouge, à demi enveloppé dans un grand péplum rouge, chaussé de vieilles savates, sous le bras gauche un parapluie tenant lieu de foudre, dans ses mains un mouchoir bleu à carreaux dans lequel il éternue.
Signé des initiales H. D., à droite.
Vers le milieu, la légende : *Jupiter.*
Aquarelle. — Haut. : 27 cm.; larg. : 19 cm.
Les numéros 52 à 64, représentent une série de projets pour une féerie jouée le 6 septembre 1853 à la Porte-Saint-Martin, théâtre qui était à cette époque sous la direction de Fournier-Baron. Les dessins proviennent de la collection de Delphine Baron qui les avait conservés depuis 1853.

53 DAUMIER (Honoré). — *Junon.*

Elle est vue de face, en vieille portière, la figure tournée à gauche et tenant sous le bras un panier d'où sort une bouteille.
Dans le bas la légende :*Junon.*.
Signé des initiales H. D., à droite.
Aquarelle.

Haut. : 27 cm.; larg. : 19 cm.

54 DAUMIER (Honoré). — *L'Amour.*

Il est vu de face, debout, les jambes croisées, appuyé sur un arc, en corsage ajusté et jupe de danseuse, un carquois sur le dos, les ailes ouvertes, une couronne de fleurs dans les cheveux, un monocle dans l'œil, un cigare allumé à la main droite.
Signé des initiales H. D., à droite.
A gauche, la légende : *l'Amour.*

Aquarelle.

Haut. : 27 cm.; larg. : 9 cm.

55 DAUMIER (Honoré). — *Apollon.*

Vu de face, complètement chauve, portant des lunettes vertes, une auréole autour de la tête, en tunique blanche et manteau rouge, il joue de la lyre.
Signé des initiales H. D., à droite.
A gauche, la légende : *Apollon.*

Aquarelle.

Haut. : 28 cm.; larg. : 18 cm. 1/2.

56 DAUMIER (Honoré). — *Diane.*

En marchande de peaux de lapins; un croissant sur la tête, un carquois sur l'épaule, un sac sur le bras droit, dans ses mains un arc et une peau de lapin.
Signé des initiales H. D., à droite.
A gauche, la légende : *Diane.*

Aquarelle.

Haut. : 27 cm.; larg. : 19 cm.

57 DAUMIER (Honoré). — *Minerve.*

Debout, en casque antique, la tête rentrée dans les épaules, la déesse, drapée dans un péplum violet, tricote un bas.
Signé des initiales H. D., au-dessus de la légende : *Minerva.*

Aquarelle.

Haut. : 28 cm.; larg. : 18 cm. 1/2.

58 DAUMIER (Honoré). — *Pluton.*

En croque-mort, enveloppé dans un drap noir semé de flammes d'argent, un tricorne sur la tête, les yeux rouges, la longue barbe blanche, un trident dans la main gauche.
Signé des initiales H. D., à droite.
A gauche, la légende : *Pluton.*

Aquarelle.

Haut. : 28 cm.; larg. : 16 cm.

59 DAUMIER (Honoré). — *Neptune.*

Il est vu de profil à gauche, habillé en vieil égoutier, coiffé d'une casquette grise à énorme visière verte, une ceinture de plantes aquatiques autour des reins et chaussé de grandes bottes. Tout courbé, il s'appuie des deux mains sur un vieux parapluie rouge.
Signé des initiales H. D., à droite.
Vers le milieu, la légende : *Neptune.*

Aquarelle.

Haut. : 27 cm.; larg. : 18 cm. 1/2.

60 DAUMIER (Honoré). — *Mars.*

En guerrier antique, coiffé d'un casque à énorme plumet rouge, les coudes écartés du corps, la main gauche à la poignée de son sabre.
Signé des initiales H. D., à droite.
A gauche, la légende : *Mars.*

Aquarelle.

Haut. : 28 cm.; larg. : 18 cm. 1/2.

61 DAUMIER (Honoré). — *Vulcain.*

En forgeron boiteux, s'appuyant sur des béquilles, les jambes protégées par un tablier de cuir.
Signé des initiales H. D., à droite.
A gauche, la légende : *Vulcain.*

Aquarelle.

Haut. : 27 cm.; larg. : 19 cm.

62 DAUMIER (Honoré). — *Mercure.*

Très maigre, vu de profil, coiffé d'un chapeau ailé, le nez rouge, en veston bleu, les jambes nues, des ailettes aux pieds, le caducée sortant de la poche gauche du veston.
Signé des initiales H. D., à droite, au-dessus de la légende : *Mercure.*

Aquarelle.

Haut. : 27 cm. 1/2; larg. : 12 cm.

63 DAUMIER (Honoré). — *Bacchus.*

Debout, vu de face, une légère étoffe rouge autour du corps, le torse verdâtre, des restes de grappe dans la main droite. Sur la tête un papier collé sur charnière permet de voir le dieu couronné de pampres, ou coiffé d'un bonnet de coton.
Signé des initiales H. D., à gauche, au-dessus de la légende : *Bacchus, maladie du raisin.*

Aquarelle.
Haut. : 17 cm. 1/2; larg. : 12 cm.

64 DAUMIER (Honoré). — *Hercule.*

En portefaix, vêtu d'une peau de lion ne couvrant que les reins et l'épaule, un crochet de bois sur le dos, une massue dans la main droite, aux pieds, des gros souliers ferrés.
Signé des initiales H. D., à gauche.
Vers le milieu, la légende : *Hercule.*

Aquarelle.
Haut. : 28 cm. 1/2; larg. : 18 cm. 1/2.

65 DAUZATS (Adrien), 1801-1868. — *La Tour de Comares à l'Alhambra de Grenade.*
Envahi par la verdure, un fossé profond au-dessus duquel se dressent quelques maisons et une grande tour écroulée. A droite, échappée sur la ville et sur la plaine.
Signé à gauche, et daté Granada. Alhambra. 1836. D. Torre de Comares.

Aquarelle.
Haut. : 36 cm.; larg. : 23 cm.

66 DAVID (J.-L.), 1748-1825. — *Lepelletier de Saint-Fargeau sur son lit de mort.*

Il est vu de profil à droite, le haut de la tête serré dans une étoffe blanche d'où sortent des touffes de cheveux.

N° 228 du catalogue de la vente Marmontel, 14 mai 1868.

Dessin à la plume.

Haut. : 31 cm.; larg. : 25 cm.

67 DAVID. — *Figure pour le sacre de Napoléon.*

Vu de profil à gauche, un homme nu tient dans ses mains un globe surmonté d'une croix.

Signé des initiales, à gauche.

Dans le haut, inscription au crayon : Etude pour la figure du ministre Berthier.

Dessin à la mine de plomb.

Haut. : 24 cm.; larg. : 17 centimètres.

68 DECAMPS (A.-G.), 1803-1860. — *Une rue de village.*

A l'entrée d'un village, une rue bordée de maisons.

Signé des initiales D. C., à gauche.

Dessin au crayon noir, rehaussé de blanc.

Haut. : 15 cm. 1/2; larg. : 22 cm.

69 DECAMPS (A.-G.). *Une rue en Orient.*

Une rue monte, encaissée entre des murs. Au fond, un passage voûté; à droite, un personage sur un escalier.

Signé des initiales D. C., à gauche.

Dessin à la plume, rehaussé de sépia.

Haut. : 20 cm. 1/2; larg. : 14 cm.

70 DEGAS (Edgar). — *Chez la modiste.*

Une femme en jupe bleue, vue de profil, est assise vers la droite et essaye un chapeau. A gauche, une jeune fille, vue de dos, les cheveux coiffés en natte, la regarde. Au premier plan, sur une table, des chapeaux de formes diverses.
Signé à droite.

Pastel.

Haut. : 76 cm.; larg. : 85 cm.

71 DEGAS (Edgar). — *Au café-concert. La Chanson du chien.*

A droite, au premier plan, une artiste chante et fait avec ses mains le geste d'un chien qui agite ses pattes de devant. Devant elle, à gauche, des consommateurs; au fond, des globes lumineux dans le feuillage.
Signé à droite.

Pastel.

Haut. : 55 cm.; larg. : 45 cm.

72 DEGAS (Edgar). — *Danseuse sur la scène.*

Au premier plan, une danseuse met un genou en terre et lève les bras au-dessus de sa tête; plus loin, sur la scène, se tiennent d'autres danseuses.
Signé à gauche.

Pastel.

Haut. : 21 cm.; larg. : 16 cm.

73 DEGAS (Edgar). — *Danseuse sortant de sa loge.*

Vue de face, en robe verte à fleurs rouges et jaunes, une danseuse aux cheveux roux sort de sa loge, tenant sa robe de ses deux mains.
Dans le fond, une femme près d'une fenêtre.
Signé à gauche.

Pastel.

Haut. 52 cm.; larg. : 30 cm.

74 DEGAS (Edgar). — *Dans les coulisses.*

A droite d'une coulisse, une chanteuse, nu-tête, en robe rose et châle rouge, tient une partition dans ses mains. A côté d'elle et vu de profil, un homme en jaquette noire, le chapeau sur la tête. Dans le fond, à gauche, un coin de la scène éclairée.
Signé à gauche.

Pastel.

Haut. : 66 cm.; larg. : 38 cm.

75 DEGAS (Edgar). — *Danseuse au repos.*

Debout et vue de profil à droite, sa robe blanche retenue par une ceinture violette, elle se repose, un éventail ouvert à la main.
Signé à gauche.

Pastel.

Haut. : 46 cm.; larg. : 29 cm.

76 DEGAS (Edgar). — *Danseuse.*

Devant un poêle sur lequel chauffe une bouilloire, une danseuse se tient debout, lisant son journal.
Signé à droite, avec la dédicace : « A mon ami Duranty. »
N° 17 du catalogue de la vente Duranty, 28 janvier 1881.

Pastel.

Haut. : 75 cm. ; larg. : 55 cm.

77 DEGAS (Edgar). — *Portrait de Madame X...*

Assise et vue de trois quarts à droite, en robe décolletée, un boa autour du cou, coiffée d'un chapeau à plumes, elle lève le bras gauche et porte un réticule de soie rose à son bras droit.

Pastel.

Haut. : 47 cm. ; larg. : 31 cm.

78 DELACROIX (Eugène), 1798-1863). — *Marocain vu de dos.*

La tête nue, le bras droit appuyé sur un fusil, il est vêtu de blanc, la taille serrée dans une ceinture bariolée.
Collection Carrier.

Pastel.

Haut. : 39 cm. ; larg. : 25 cm.

79 DELACROIX (Eugène). — *Soldat de la garde de l'empereur du Maroc.*

Assis à terre et drapé dans un grand burnous blanc, il est vu de face, tenant un fusil dans la main droite.
Au fond, un cheval et deux soldats.
Signé à droite.
N° 22 du catalogue de la vente Frédéric Villot, 11 février 1865.
Exposition Delacroix à l'Ecole des Beaux-Arts Paris, 1885, n° 292 du catalogue.
Cité et reproduit dans *l'Œuvre de Delacroix*, par A. Robaut, page 131, n° 491.

Aquarelle.

Haut. : 18 cm. 1/2; larg. : 26 cm. 1/2.

80 DELACROIX (Eugène). — *Un Seigneur vénitien.*

Les poings sur les hanches, il se tient debout près d'un grand fauteuil. Ses longs cheveux noirs retombent sur le col de son pourpoint rouge à manches bouffantes.
A droite, cachet de la vente Delacroix.
N° 395 du catalogue de la vente Delacroix, 17 février 1864.
Cité et reproduit dans l'*Œuvre de Delacroix*, par A. Robaut, page 76, n° 273.
Exposition Delacroix, à l'Ecole des Beaux-Arts, Paris, 1885, n° 291 du catalogue.

Aquarelle.

Haut. : 22 cm.; larg. : 17 cm.

81 DELACROIX (Eugène). — *Intérieur.*

Dans une chambre, devant la cheminée où le feu est allumé, divers ustensiles : un soufflet, une pelle et des pincettes.
A droite, cachet de la vente Delacroix.
Partie du n° 658 du catalogue de la vente Delacroix, 17 février 1864.
N° 16 du catalogue de la vente Dutilleux, mars 1874.
Cité et reproduit dans *l'Œuvre de Delacroix*, par A. Robaut, page 29, n° 90.

Aquarelle.

Haut. : 16 cm.; larg. : 21 cm.

82 DELACROIX (Eugène). — *Paysage marocain; entrée d'une ville.*

Au premier plan, la route, où passent une voiture, un cavalier et un piéton, est bordée à gauche par des maisons à terrasses. A droite, une montagne domine des rochers abritant des habitations.
Quelques nuages dans le ciel.
Collection Faller.

Aquarelle.

Haut. : 13 cm.; larg. : 21 cm.

83 DELACROIX (Eugène). — *Falaises.*

Sous le ciel bleu où passent quelques nuages blancs, la mer vient baigner les falaises dont la rangée se prolonge vers la gauche.
A gauche, cachet de la vente Delacroix.
Cité dans *l'Œuvre de Delacroix*, par A. Robaut, page 451 (partie du n° 1807).

Aquarelle.

Haut. : 17 cm.; larg. : 21 cm. 1/2.

84 DELACROIX (Eugène). — *Arabe écrivant.*

Il est vu de face, assis à une table. Derrière lui, dans la pénombre, des personnages.
A droite, cachet de la vente Delacroix.
N° 519 du catalogue de la vente Delacroix, 17 février 1864.
Cité et reproduit dans *l'Œuvre de Delacroix*, par A. Robaut, page 112, n° 410.
Exposition des œuvres de E. Delacroix; Ecole des Beaux-Arts, Paris, 1885, n° 295 du catalogue.

Aquarelle.

Haut. : 20 cm.; larg. : 18 cm.

85 DELACROIX (Eugène). — *Marocain assis.*

Vu de profil à droite, un manteau noir couvrant son vêtement blanc, il est assis à terre, les jambes repliées et croisées, et s'accoude à une pierre.
A droite, cachet de la vente Delacroix.
Vente Delacroix, 17 février 1864, partie du n° 317 du catalogue.
Cité et reproduit dans *l'Œuvre de Delacroix*, par A. Robaut, page 115, n° 427.

Dessin à la sépia, rehaussé d'aquarelle.

Haut. : 17 cm.; larg. : 25 cm.

86 DELACROIX (Eugène). — *Marphise.*

Elle est à cheval et emmène en croupe la vieille femme qu'elle a revêtue des vêtements enlevés à la maîtresse de Pinabel.
A droite, cachet de la vente Delacroix.
Vente Delacroix, 17 février 1864 (partie du n° 364 du catalogue).
Cité et reproduit dans *l'Œuvre de Delacroix*, par A. Robaut, page 321, n° 1197.

Dessin à la sépia.

Haut. : 19 cm.; larg. : 25 cm.

87 DELACROIX (Eugène). — *Sérénade nocturne.*

Au clair de lune, un jeune seigneur, nu-tête, assis au milieu des ruines sur un bloc de pierre, joue de la guitare.
Exposition des œuvres de E. Delacroix à l'Ecole des Beaux-Arts Paris, 1885, n° 295 *bis.*

Dessin au lavis, rehaussé de blanc.

Haut. : 21 cm.; larg. : 15 cm. 1/2.

88 DELACROIX (Eugène). — *Chevaux conduits par les Hindous.*

Trois serviteurs hindous conduisent des chevaux de selle harnachés et bridés.
A droite, cachet de la vente Delacroix.

Aquarelle.

Haut. : 21 cm. 1/2; larg. : 29 cm. 1/2.

89 DELACROIX (Eugène). — *Marocain.*

Il est étendu sur des coussins, drapé dans un grand burnous blanc, la tête presque de face, le corps de profil à droite, les jambes croisées.

Dessin à la sépia, rehaussé de blanc.

Haut. : 17 cm.; larg. : 23 cm.

90 DELACROIX (Eugène). — *Officiers grecs.*

L'un est debout et vu de face, le poing sur la hanche. L'autre, vu de profil à gauche, la tête de face, est assis, les jambes croisées et la main sur le pommeau de son sabre.

Aquarelle.

Haut. : 18 cm.; larg. : 24 cm.

91 DELACROIX (Eugène). — *La visite du médecin.*

Assise et vue de profil, une femme se tient au pied du lit d'un malade à qui un médecin tâte le pouls.
Au fond de la chambre, un chevalet et une toile, un berceau et une guitare accrochée au mur.
A droite, cachet de la vente Delacroix.
Partie du n° 564 du catalogue de la vente Jean Gigoux, 20 mars 1882, sous le titre : *la Consultation.*
Cité et reproduit dans *l'Œuvre de Delacroix*, par A. Robaut, page 397, n° 1490.

Dessin à la sépia.

Haut. : 22 cm.; larg. : 19 cm.

92 DELACROIX (Eugène). — *Jeune femme au grand chapeau.*

Elle est vue à mi-corps, presque de face, en robe de velours noir décolletée, les mains sur la ceinture, et coiffée d'un grand chapeau garni de plumes blanches.
A droite, cachet de la vente Delacroix.

Aquarelle.

Haut. : 17 cm. 1/2; larg. : 13 cm.

93 DELACROIX (Eugène). — *Ruines d'un cloître.*

Sous le ciel bleu, à travers une arcade, on entrevoit la galerie et le jardin d'un vieux cloître.
A gauche, cachet de la vente Delacroix.

Aquarelle.

Haut. : 18 cm. 1/2; larg. : 13 cm. 1/2.

94 DELACROIX (Eugène). — *Jeune garçon.*

Il est vu de face et jusqu'aux épaules, les yeux bleus, les cheveux poudrés.
Cité et reproduit dans *l'Œuvre de Delacroix*, par A. Robaut, page 45, n° 143.

Pastel.

Haut. : 36 cm.; larg. : 27 cm.

95 DELACROIX (Eugène). — *Jeune femme.*

Elle est vue de face, ses cheveux noirs ramenés en bandeaux sur les tempes.
Cité et reproduit dans *l'Œuvre de Delacroix*, par A. Robaut, page 257, n° 983.

Pastel.

Haut. : 30 cm.; larg. : 23 cm.

96 DELACROIX (Eugène). — *Un Arabe.*

Coiffé d'un turban, il est vu de trois quarts à gauche.
A gauche, cachet de la vente Delacroix.
Partie du n° 564 du catalogue de la vente Jean Gigoux, 20 mars 1882.
Cité et reproduit dans *l'Œuvre de Delacroix*, par A. Robaut, page 115, n° 431.

Dessin à la mine de plomb, rehaussé d'aquarelle.
Haut. : 30 cm. ; larg. : 19 cm.

97 DELACROIX (Eugène). — *Etude pour le massacre de Scio.*.

La tête abritée par un capuchon de couleur rougeâtre, une vieille femme est vue de face, et en buste.
Dans le haut, à droite, étude de détail pour la même figure.
A droite, cachet de la vente Delacroix.

Dessin à la mine de plomb, rehaussé d'aquarelle.
Haut. : 21 cm. ; larg. : 15 cm.

98 DELACROIX (Eugène). — *Les Gorges d'Ollioules, près de Toulon.*

Au premier plan, la plaine où sont disséminées des maisons à toits rouges.
Dans le fond, des montagnes.
A droite, cachet de la vente Delacroix.
A gauche, l'inscription : *Toulon, 4 avril.*

Aquarelle.
Haut. 8 cm. 1/2 ; larg. : 15 cm. 1/2.

99 DELACROIX (Eugène). — *Arabes d'Oran.*

Deux Arabes se reposent; l'un est accroupi, le menton appuyé sur les genoux; l'autre est couché, enveloppé dans un grand manteau.
A gauche, cachet de la vente Delacroix.
L'artiste s'est inspiré du motif de cette aquarelle pour l'eau-forte décrite dans *l'Œuvre de Delacroix*, par A. Robaut, page 123, n° 462.

Aquarelle.

Haut : 13 cm.; larg. 24 cm.

100 DELACROIX (Eugène). — *Feuilles d'ornements.*

Dans le haut, sur une plinthe, parmi des ornements, une femme est assise, drapée de vert.
Dans le bas, réduction, en sens inverse, du même sujet, drapé de violet.
Entre les deux dessins, note manuscrite à la mine de plomb.
A droite, cachet de la vente Delacroix.

Aquarelle.

Haut : 23 cm.; larg. : 26 cm.

101 DELACROIX (Eugène). — *Marine.*

Deux barques à voiles naviguent sur la mer aux vagues grises. Dans le ciel, vers le fond, à droite, un nuage.
A droite, cachet de la vente Delacroix.

Aquarelle.

Haut. : 8 cm.; larg. : 17 cm.

102 DELACROIX (Eugène). — *Etude de cheval.*

Avant-main d'un cheval gris, vu de profil.
Signé des initiales E. D. à gauche.
N° 7 du catalogue de la vente Tillot, 14 mai 1887.

Aquarelle.

Haut. : 14 cm. 1/2; larg. : 19 cm.

103 DELACROIX (Eugène). — *Assassinat de l'évêque de Liége.*

Des personnages sont réunis autour d'une table brillamment éclairée. A gauche, l'évêque est entraîné par ses assassins.
A droite, cachet de la vente Delacroix.

Aquarelle.

Haut. : 14 cm. 1/2; larg. 18 cm. 1/2.

104 DELACROIX (Eugène). — *Arabe en burnous.*

Accroupi, il est enveloppé dans son burnous au capuchon relevé.
A droite, cachet de la vente Delacroix.

Dessin à la sépia.

Haut. : 15 cm.; larg. : 13 cm.

105 DELACROIX (Eugène). — *Fleurs.*

Chrysanthèmes jaunes, fleurs et feuilles.
A droite, cachet de la vente Delacroix.
Partie du n° 625 du catalogue de la vente *Delacroix*, 17 février 1864.
Cité dans *l'Œuvre de Delacroix*, par A. Robaut, page 453, sous le n° 1823.

Aquarelle.

Haut. : 26 cm.; larg. : 37 cm. 1/2.

106 DELACROIX (Eugène). — *Tigre couché.*

Couché et vu de profil à gauche, il appuie la tête sur ses pattes.
A droite, cachet de la vente Delacroix.

Aquarelle.

Haut. : 13 cm. 1/2; larg. : 10 cm. 1/2.

107 DELACROIX (Eugène). — *Tigre.*

Il est couché et lève la tête.
Vers le milieu, cachet de la vente Delacroix.

Aquarelle.

Haut. : 9 cm. 1/2; larg. : 16 cm.

108 DELACROIX (Eugène). — *Marocain — Chat — Arabe.*

I. — Un Marocain debout, vu de face et à mi-corps; pantalon bleu, veste jaune, gilet rouge.

Aquarelle.

Haut. : 18 cm. 1/2; larg. : 11 cm.

II. — Deux études : dans le haut, chat se ramassant sur ses pattes; dans le bas, étude de tête de chat.
A droite, cachet de la vente Delacroix.

Dessin à la sépia.

Haut.: 15 cm.; larg.: 11 cm. 1/2.

III. — Un Arabe vu debout et de face jusqu'à la ceinture, grand burnous blanc, veste bleue.

Aquarelle.

Haut. 16 cm.; larg. : 9 cm. 1/2.

109 DELACROIX (Eugène). — *Mort de Sénèque.*

Au chevet du philosophe, couché sur un lit de repos, deux hommes se tiennent debout; un autre, assis, semble écrire sous sa dictée.
A droite, cachet de la vente Delacroix.
Exposition des œuvres de E. Delacroix à l'Ecole des Beaux-Arts, Paris, 1885, n° 293 du catalogue.
Aquarelle.

Haut. : 12 cm.; larg. : 16 cm. 1/2.

110 DELACROIX. — *Toulon.*

I. — Un matelot vu en deux poses différentes, de face et de dos; pantalon bleu, chemise blanche.
A droite, cachet de la vente Delacroix.
Daté : Toulon, 9 janvier, lundi.
Aquarelle.

Haut. : 20 cm.; larg. : 18 cm.

II. — Vue générale de la rade de Toulon.
A droite, cachet de la vente Delacroix.
Daté vers le milieu, Toulon, 9 janvier.
Ces deux dessins faisaient partie du n° 586 du catalogue de la vente Delacroix, 17 février 1864.
Collection Burty.
Cité dans *l'Œuvre de Delacroix*, par A. Robaut, page 423, n° 1651.

Aquarelle.

Haut. : 6 cm.; larg. : 2 cm.

111 DELACROIX (Eugène). — *Méquinez.*

Intérieur d'une mosquée avec piliers et arcades. Dans le haut, à gauche, l'inscription : 17 mars, Mekenez.
A gauche, cachet de la vente Delacroix.

Dessin à la sépia.

Haut. : 18 cm. 1/2; larg. 14 cm. 1/2.

112 DELACROIX (Eugène). — *Etude pour le massacre de Scio.*

Un Turc est vu de trois quarts vers la droite, la tête coiffée d'un turban.
A droite, cachet de la vente Delacroix.

Dessin à la mine de plomb.
Haut. : 33 cm. 1/2; larg. : 21 cm.

113 DELACROIX (Eugène). — *Médailles antiques — Personnage du seizième siècle.*

I. — Deux profils de femmes d'après des médailles antiques. Dans le bas, à gauche, une croix avec inscription grecque et la date 1824-1825.
A droite, cachet de la vente Delacroix.
Vente Delacroix, 17 février 1864, partie du n° 460 du catalogue.
Collection Burty.
Cité dans *l'Œuvre de Delacroix*, par A. Robaut, page 399 (nos 1499 à 1502).
Dessin à la mine de plomb. — Haut. : 15 cm.; larg. : 15 cm. 1/2.

II. — Vu en buste et de trois quarts à gauche, un homme en vêtement et chapeau blancs à raies grises, cheveux et barbe noirs.
Dans les marges, croquis de lansquenets et notes manuscrites.
A droite, cachet de la vente Delacroix.
Collection Burty.
Cité dans *l'Œuvre de Delacroix*, par A. Robaut, page 207, n° 277.

Dessin à la sépia et à la mine de plomb.
Haut. : 19 cm. 1/2; larg. : 15 cm.

114 DELACROIX (Eugène). — *Médailles antiques.*

Cinq têtes d'hommes et de femmes; un corbeau; un cavalier; un Hercule; un homme nu, assis, un oiseau sur sa main; un taureau couché.
A droite, cachet de la vente Delacroix.
Collection Burty.
Cité dans *l'Œuvre de Delacroix*, par A. Robaut, page 399 (n°s 1499 à 1502).

Dessin à la mine de plomb.
Haut. : 31 cm.; larg. : 19 cm. 1/2.

115 DELACROIX (Eugène). — *Masques. Bustes de Michel-Ange.*

I. — Masques antiques (huit croquis).
Vers la droite, cachet de la vente Delacroix.

Dessin à la mine de plomb.
Haut. : 18 cm. 1/2; larg. : 24 cm.
II. — Deux études d'après le buste de Michel-Ange.
Vers la droite, cachet de la vente Delacroix.

Dessin à la mine de plomb.
Haut. : 20 cm. 1/2; larg. : 26 cm.

116 DELACROIX (Eugène). — *Cheval.*

Une couverture sur l'avant-main, un cheval est debout, vu de profil vers la gauche.
A droite, des silhouettes d'hommes.
Vers le milieu, cachet de la vente Delacroix.

Dessin à la mine de plomb.
Haut. : 17 cm. 1/2; larg. : 26 cm.

117 DELACROIX (Eugène). — *Médailles antiques.*

I. — Cinq études de nu.

Dessin à la mine de plomb.
Haut. : 28 cm. 1/2; larg. : 17 cm. 1/2.

II. — Etudes d'homme nu et de têtes (cinq croquis).
A gauche, cachet de la vente Delacroix.
Collection Burty.
Cité dans *l'Œuvre de Delacroix*, par A. Robaut, page 399 (nos 1499 à 1502).

Dessin à la mine de plomb.
Haut. : 23 cm.; larg. : 17 cm.

118 DELACROIX (Eugène). — *Le Tasse dans la prison des fous.*

Diverses études pour le tableau du Tasse : des prisonniers à une fenêtre grillée; un corps étendu sur un lit; un personnage accoudé; etc.; notes manuscrites.
A droite, cachet de la vente Delacroix.
Partie du n° 317 du catalogue de la vente Delacroix, 17 février 1864.
Cité dans *l'Œuvre de Delacroix*, par A. Robaut, page 398, partie du n° 1496.

Dessin à la plume.
Haut. : 19 cm. 1/2; larg. . 30 cm. 1/2.

119 DELACROIX (Eugène). — *Etude d'hommes nus.*

A gauche, un homme étendu sur le dos et appuyé sur le coude.

A droite, vu de face, un homme assis, et un autre debout, vu de dos.

Cachet de la vente Delacroix.

Daté vers le milieu, 7 septembre 57.

Cité et reproduit dans *l'Œuvre de Delacroix*, par A. Robaut, page 353, n° 1318.

Exposition des œuvres de Delacroix à l'Ecole des Beaux-Arts, Paris, 1885, n° 384 du catalogue.

Dessin à la plume.

Haut : 15 cm. 1/2; larg. 30 cm.

120 DELACROIX (Eugène). — *Projet pour le rectangle de la Justice* (Frise du salon du roi, au Palais-Bourbon).

A droite, un vieillard est couché sur le sol. Derrière lui, un ange tient une lampe dans sa main.

Cité et reproduit dans *l'Œuvre de Delacroix*, par A. Robaut, page 144, n° 541.

Dessin à la mine de plomb.

Haut. : 18 cm.; larg. : 14 cm.

121 DELACROIX (Eugène). — *L'Agriculture.*

Couchée et entourée d'enfants, elle est représentée sous les traits d'une femme, le torse découvert, les jambes couvertes d'une étoffe drapée.

A ses pieds, et vue à mi-corps, une autre figure, le bras levé.

Etude pour le plafond du salon du roi au Palais-Bourbon.

A gauche, cachet de la vente Delacroix.

Dessin au crayon noir.

Haut. : 14 cm.; larg. : 33 cm.

122 DELACROIX (Eugène). — *Femmes au bain.*
A gauche, une femme nue entrant dans une baignoire; à droite, une femme, assise et vue de profil à gauche, s'essuie les pieds; dans le bas, à droite, une petite figure debout.
Daté 27 août, Strasbourg, 59.
Vers le milieu, cachet la vente Delacroix.
Cité et reproduit dans *l'Œuvre de Delacroix*, par A. Robaut, page 376, n° 1399.
Dessin à la plume.
Haut. : 22 cm.; larg. : 34 cm.

123 DELACROIX (Eugène). — *Lion dévorant un cheval.*
Un lion plante ses crocs dans le cou d'un cheval qu'il tient entre ses pattes.
A gauche, cachet de la vente Delacroix.
Dessin analogue à ceui de la lithographie décrite dans *l'Œuvre de Delacroix*, par A. Robaut, page 214, n° 805.
Dessin à la mine de plomb.
Haut. : 16 cm.; larg. : 26 cm.

124 DELACROIX (Eugène). — *Arabe ferrant un cheval.*
Un Arabe accroupi, ferre un cheval dont un jeune garçon tient la jambe levée.
A droite, cachet de la vente Delacroix.
Dessin à la mine de plomb.
Haut. : 16 cm.; larg. : 26 cm. 1/2.

125 DELACROIX (Eugène). — *Etude de lion.*
Accroupi et vu de profil à droite, un lion pose une de ses pattes sur un débris de carcasse.
A droite, cachet de la vente Delacroix.
Dessin à la mine de plomb.
Haut. : 17 cm.; larg. : 21 cm.

126 DELACROIX (Eugène). — *Diomède dévoré par ses chevaux.*

Plusieurs croquis d'homme renversé à terre, les jambes relevées.
A gauche, cachet de la vente Delacroix.
Exposition des œuvres de E. Delacroix, à l'Ecole des Beaux-Arts, Paris 1885, n° 382 du catalogue.
Cité et reproduit dans *l'Œuvre de Delacroix*, par A. Robaut, page 341, n° 1275.

Dessin à la mine de plomb.
Haut. : 22 cm. 1/2; larg. : 30 cm. 1/2.

127 DELACROIX (Eugène). — *Etude d'Arabe.*

Drapé dans un burnous, il est couché sur le côté droit, les jambes nues.
A droite, cachet de la vente Delacroix.

Dessin à la mine de plomb.
Haut. : 19 cm.; larg. : 22 cm. 1/2.

128 DELACROIX (Eugène). — *Hercule et Diomède.*

Diomède, mordu à la jambe par un cheval, est maintenu à terre par Hercule.
A droite, cachet de la vente Delacroix.
Cité et reproduit dans *l'Œuvre de Delacroix*, par A. Robaut, page 341, n° 1276.

Dessin à la mine de plomb.
Haut. : 13 cm.; larg. : 26 cm.

129 DELACROIX (Eugène). — *Types russes.*

A droite, un cocher russe se tient debout, des guides dans les mains; dans le haut, à gauche, un paysan russe dansant.
Dans le bas, étude de pieds et tête de cheval.
Vers la droite, cachet de la vente Delacroix.

Dessin à la mine de plomb.
Haut. : 29 cm. 1/2 ; larg. : 21 cm.

130 DELACROIX (Eugène). — *L'Empereur Justinien.*

Il est assis et vu de face, la main gauche levée.
A droite, cachet de la vente Delacroix.
Cité dans *l'Œuvre de Delacroix*, par A. Robaut, page 401, partie du n° 1514.

Dessin à la mine de plomb.
Haut. : 22 cm.; larg. : 16 cm.

131 DELACROIX (Eugène). — *Chimère et Sphinx.*

Dans le haut, une chimère couchée. A droite, un torse nu.
Dans le bas, un démon et un sphinx.
Vers le milieu, cachet de la vente Delacroix.

Dessin à la mine de plomb.
— Haut. : 22 cm.; larg. : 32 cm.

132 DELACROIX (Eugène). — *Etude.*

A gauche, une femme nue couchée. A droite, un cheval, vu en raccourci, une jeune fille debout, le bras droit levé, et une tête vue de profil.
Dans le haut, deux études de têtes.

Dessin à la plume.
Haut.: 22 cm.; larg.: 34 cm. 1/2

133 DELACROIX (Eugène). — *Etudes de nu.*

A gauche, une femme nue est assise, les bras relevés au-dessus de la tête; dans le haut, une étude de jambes; et à droite, une femme à genoux, la tête de face.
A droite, cachet de la vente Delacroix.

Dessin à la mine de plomb.
Haut. : 24 cm.; larg. : 38 cm. 1/2.

134 DELACROIX (Eugène). — *Etudes de femmes.*

Quatre études : une femme vue à mi-corps, inclinée vers la gauche; une autre penchée vers la droite; une baigneuse assise et une femme nue, à ceinture de feuillage.
A droite, cachet de la vente Delacroix.

Dessin à la plume.
Haut. : 21 cm.; larg. : 32 cm. 1/2.

135 DELACROIX (Eugène). — *Ange déchu.*

Les bras étendus, debout, il se retient aux parois d'une crevasse de rocher.
A gauche, cachet de la vente Delacroix.

Desin au crayon noir.
Haut. : 47 cm.; larg. : 41 cm.

136 DELACROIX (Eugène). — *Hercule au pied des co-lonnes.*

Composition pour l'un des tympans du Salon de la Paix à l'Hôtel de Ville de Paris.
A droite, cachet de la vente Delacroix.

Dessin à la mine de plomb.
Haut. : 28 cm.; larg. : 47 cm. 1/2.

137 DELACROIX (Eugène). — *Odalisque.* 2550

Elle est couchée sur le côté droit, vue de dos et tournant la tête. Dans le haut à gauche, détail du même sujet; au verso un croquis.
Dans le haut, l'inscription : 27, rue Saint-Marc, hôtel, n° 11.
A droite, cachet de la vente Delacroix.
Partie du n° 653 de la vente Delacroix, 17 février 1864.
N° 11 du catalogue de la vente Tillot, 14 mai 1887.
N° 895 du catalogue de l'Exposition centennale de l'Art français, 1900.

Musée du Louvre

Dessin à la mine de plomb.
Haut. : 21 cm.; larg. : 32 cm.

138 DELACROIX (Eugène). — *Têtes de femmes.* 650

Dans le haut, à droite et à gauche, deux têtes de femmes.
Au milieu, en trois attitudes différentes, les mêmes têtes appuyées l'une contre l'autre.
A gauche, cachet de la vente Delacroix.

Dessin à la mine de plomb.
Haut. : 15 cm.; larg. : 26 cm. 1/2.

139 DELACROIX (Eugène). — *Etudes de chevaux.* 1000

I. — Cheval se cabrant. Superbe

Dessin à la mine de plomb.

Haut. 22 cm. 1/2; larg.: 27 cm. 1/2.

II. — Cheval vu de profil et cinq études de croupes.
Vers le milieu, cachet de la vente Delacroix.
Exposition des Œuvres de E. Delacroix à l'Ecole des Beaux-Arts, Paris, 1885, n° 383 du catalogue.

Dessin à la mine de plomb.

Haut. : 18 cm.; larg. : 26 cm.

140 DELACROIX (Eugène). — *Etude de nu.* 1600

Le haut des jambes couvert par une draperie, une femme est couchée, le bras gauche ramené sur la tête, et s'appuie sur le coude droit.
A droite, cachet de la vente Delacroix.
Daté à gauche, 20 août, Dieppe, 54, le jour des Courses.

Dessin à la mine de plomb.

Haut. : 21 cm.; larg. : 30 cm.

500 141 DELACROIX (Eugène). — *Femme peignant.* vue de dos.

Elle est assise, vue de dos, en corsage à manches bouffantes, et coiffée à la mode de 1830. 500
A droite, cachet de la vente Delacroix.
Partie du n° 648 du catalogue de la vente Delacroix, 17 février 1864.

Dessin à la mine de plomb.

Haut. : 16 cm.; larg. : 11 cm.

142 DUFEU (E.), 1840-1900. — *L'Arc de Triomphe du Carrousel.*

Au premier plan, au bord du trottoir, un réverbère; à droite, le Pavillon de Marsan; à gauche, une encoignure du Louvre; au fond, l'Arc de Triomphe.
Signé à gauche.

Aquarelle.

Haut. : 33 cm.; larg. : 40 cm.

143 DUFEU (E). — *Une rue en Normandie.*

A droite et à gauche, de hautes maisons à piliers. Dans le fond, une petite place.
Signé à gauche.

Aquarelle.

Haut. : 34 cm.; larg. : 24 cm.

144 DUMONSTIER (D.), 1550-1631. — *Portrait de Jacques Nompar de Caumont la Force, lieutenant-général des armées du roi.*

Il est vu en buste, de trois quarts à gauche, vêtu d'un pourpoint à col relevé; les cheveux, les moustaches et la barbe grisonnants.
Signé du monogramme, à droite.
Cachet de la vente du baron Denon.
Partie du n° 779 du catalogue de la vente du baron Denon, mai 1826.
A gauche, cachet des collections du comte de Roqueplan.

Dessin au crayon noir, rehaussé d'aquarelle.

Haut. : 37 cm.; larg. : 26 cm.

145 ECOLE ANGLAISE (XIXe siècle). — *Portrait d'un officier.*

Il est vu en buste, de trois quarts à gauche, rasé, en habit bleu à revers blancs galonnés d'or, et en cravate de dentelle.

Aquarelle.

Haut. : 25 cm. 1/2; larg. : 20 cm. 1/2.

146 ECOLE FRANÇAISE (XVIIIe siècle). — *Portrait de Quentin-Latour.*

Presque de face, souriant, coiffé d'un bonnet noir et vêtu d'un habit brun doublé de bleu, la main droite levée, dans une attitude semblable à celle du portrait gravé par Schmidt.
N° 151 du catalogue de la vente Camille Marcille.

Pastel.

Haut. : 32 cm.; larg. : 25 cm.

147 ECOLE FRANÇAISE (XVIIIe siècle). — *Jeune femme.*

Vue à mi-corps, presque de face, une jeune femme, en robe blanche, regarde une grappe de raisin doré qu'elle tient de la main gauche.

Pastel.

Haut. : 41 cm.; larg. : 41 cm.

148 ECOLE FRANÇAISE (XVIIIe siècle). — *Femme jouant avec des enfants.*

Couchée à terre sur une draperie, une femme nue, le bras gauche appuyé sur une pierre, joue avec deux enfants.

Dessin au crayon noir, rehaussé de blanc.

Haut. : 20 cm.; larg. : 39 cm.

149 ECOLE HOLLANDAISE (XVIIe siècle). — *Paysage.*

A gauche, des maisons en ruines que domine une vieille tour. A droite et au fond, des vallonnements.

150 ECOLE HOLLANDAISE (XVIIe siècle). — *Marine.*

A gauche, à l'entrée d'un port, un phare sur un rocher. Au milieu, un grand navire entouré de barques. Cachets de collection, à gauche et à droite.

Dessin à la plume, rehaussé de sépia.

Haut. : 13 cm.; larg. : 24 cm 1/2.

151 FANTIN-LATOUR (Henri), 1836-1904. — *Diane.*

Tournée vers la droite, assise sur un tertre, et regardant le fond du paysage, elle tient dans ses mains son arc et son carquois.
Signé à gauche.

Dessin au crayon noir.

Haut. : 23 cm.; larg. : 28 cm.

152 FORAIN (Jean-Louis). — *Un couloir de théâtre.*

Dans le couloir d'un théâtre, des hommes en habit, dont l'un donne le bras à une femme en robe décolletée et à longue traîne.
Signé à gauche.

Aquarelle.

Haut. : 31 cm.; larg. : 23 cm. 1/2.

153 FORAIN (J.-L). — *Un bar.* 520

Des femmes sont assises devant une table de café. Debout en face d'elles, deux hommes en chapeau haut de forme; au fond, un rideau rouge et une glace où se reflètent les lumières et les silhouettes des passants.
Signé à droite. assez ancien.

Aquarelle.
Haut. : 26 cm. 1/2; larg. : 18 cm. 1/2.

154 FORAIN (J.-L.). — *La Vie de château.* 310.

Une grosse femme en robe décolletée se tient debout devant une malle ouverte.
Dans le haut à droite, l'inscription « La vie de château ». Dans le bas, la légende : « Jules, est-ce que tu ne m'as pas dit, dans le temps, que tu avais marché avec la maîtresse de la maison. »
Signé à droite. (Très ancien.)

Dessin à la mine de plomb.
Haut. : 33 cm.; larg. : 28 cm.

155 FORAIN (J.-L.). — *Femmes au café.* 300.

Une femme assise devant une table de café parle à une autre femme debout.
Signé à droite. Des indications seulement

Dessin à la plume et au crayon.
Haut. : 38 cm. 1/2; larg. : 31 cm. 8.

156 GELEE (Claude), dit Le Lorrain, 1600-1682. — *Le Passage du troupeau.* (Je n'y crois pas.) 5100

Au premier plan, à droite, deux personnages assis au pied d'un arbre, regardent passer un troupeau de vaches et de chèvres, conduit par un homme monté sur un âne. Paysage de collines avec ruines romaines.
N° 112 du catalogue de la vente Marmontel, 25 janvier 1883, où ce dessin est reproduit, en sens inverse. 1556.

Dessin à la sépia.

Haut. : 29 cm.; larg. : 38 cm.

157 GOYA (Francesco), 1746-1828). — *Caprices.* 1850

1° Scènes de Sabbat, sorciers et sorcières jouant et dansant.

Dessin à la sépia.

Haut. : 20 cm. : larg. : 14 cm.

2° Un homme monté sur un âne avec un chat sur la tête que des chiens essaient d'attraper.
Deux dessins en un cadre.

Dessin à la sépia.

Haut. : 20 cm. : larg. : 14 cm.

F. Granet

158 GRANET (François-Marius), 1775-1849. — *Cardinal visitant un couvent.* 600

Accompagné de deux moines dont l'un porte une croix, un cardinal s'apprête à franchir le seuil du couvent qu'il va visiter.
Signé à gauche.
Collection His de la Salle.

Aquarelle.

Haut. : 20 cm.; larg. : 25 cm.

159 GRANET (François-Marius). — *La Mort du Poussin.* 405

Le tableau est à Aix.

Dans son atelier, le Poussin, sur sont lit de mort, reçoit la visite d'un cardinal. A son chevet, se tiennent des personnages agenouillés et debout.
Signé à gauche, et daté 1833.

Dessin à la sépia.

Haut. 28 cm. 1/2; larg. : 36 cm.

160 GRANET (François-Marius). — *Intérieur de couvent.*

Une grande salle voûtée est éclairée à gauche par une fenêtre; dans le fond, on aperçoit un moine tenant un crucifix. 200
Signé à gauche.

De peu d'intérêt.

Dessin à la sépia.

Haut. : 13 cm.; larg. : 10 cm. 1/2.

161 GRANET (François-Marius). — *Intérieur d'une salle d'école.* 900

A droite, le maître est assis dans une chaire devant laquelle un enfant est agenouillé; dans le fond, les élèves sont assis sur des bancs.
Signé à gauche, et daté 1847.
Collection Lebas.

Dessin à la sépia.

Haut. : 27 cm.; larg. : 41 cm.

162 GRANET (François-Marius). — *Assemblée religieuse.* 420

Des moines sont rassemblés dans une galerie voûtée.

Dessin à la sépia.

Haut. : 8 cm. 1/2; larg. : 16 cm.

163 GRANET (François-Marius). — *Intérieur de couvent.*

A gauche, un moine gravit les marches d'un escalier qui est éclairé dans le haut par une fenêtre grillée.
Signé à gauche, sur une pierre du mur longeant l'escalier, et daté 1817.

Dessin à la plume et à la sépia.
Haut.: 19 cm. 1/2; larg.: 14 cm. 1/2.

164 GRANET (François-Marius). — *Paysage italien.*

Au premier plan, un mur. Plus loin, une grande maison à l'italienne, devant une colline surmontée de pins-parasols.

Dessin à la sépia.
Haut.: 8 cm.; larg.: 11 cm. 1/2.

165 GUARDI (François), 1712-1793. — *Vue de Venise.*

Des promeneurs animent la place qu'entourent des galeries à arcades.
Dans le fond, une église.

Dessin à la plume rehaussé de lavis.
Haut.: 26 cm.; larg.: 41 cm. 1/2.

166 HEIM (François-Joseph), 1787-1865. — *Deux portraits.*

Deux hommes, en culotte courte, se tiennent le bras.
En marge, plusieurs notes manuscrites.

Dessin à la mine de plomb.
Haut.: 31 cm.; larg.: 23 cm.

13 Dessins de Heim

167 HEIM (François-Joseph). — *Portrait d'homme.* 120

Vu en pied, de trois quarts à gauche, en habit et culotte courte, la tête de face, le bras droit le long du corps, son chapeau sous le bras gauche.

Dessin au crayon noir.

Haut.: 28 cm. 1/2; larg.: 17 cm.

168 HEIM (François-Joseph). — *Le Maréchal Gérard.* 250

Il est vu debout, de profil à droite, son chapeau à la main. Signé à Heim, et daté 1832.

Dessin au crayon noir.

Haut.: 33 cm.; larg.: 19 cm.

169 HEIM (François-Joseph). — *M. Dechomnen, député.* 120

Il est vu de face et à mi-corps, l'habit ouvert, la main droite dans la poche de son pantalon.

Dessin au deux crayons.

Haut.: 20 cm. 1/2; larg.: 18 cm.

170 HEIM (François-Joseph). — *Portrait du Comte de Guyancourt.* 100

Debout et vu de face, il est représenté en uniforme, son chapeau dans la main droite.

Dessin aux deux crayons.

Haut.: 31 cm. 1/2; larg.: 16 cm. 1/2.

171 HEIM (François-Joseph). — *Portrait de Monsieur de Cayeux.*

En habit et culotte courte, bas blancs, l'épée au côté, il est debout, vu de face.
Signé à gauche et daté, 1826.
N° 320 du catalogue de l'Exposition centennale de l'Art français, 1889.
Dessin aux deux crayons.
Haut.: 37 cm.; larg.: 18 cm.

172 HEIM (François-Joseph). — *Portrait du Vicomte Sosthène de la Rochefoucauld.*

Assis dans un fauteuil, il est vu de profil à gauche, les jambes croisées et son chapeau sur les genoux.
Signé vers le milieu et daté, 1828.
Dessin au crayon noir.
Haut.: 33 cm. 1/2; larg.: 28 cm.

173 HEIM (François-Joseph). — *Portrait de Monsieur Bérard, député.*

Il est vu debout, de profil à droite, son chapeau à la main.
Signé à gauche et daté, 1832.

Dessin au crayon noir.
Haut.: 32 cm.; larg.: 14 cm.

174 HEIM (François-Joseph). — *Portrait du Roi Louis-Philippe.*

Il est vu debout, de trois quarts à gauche, nu-tête, son chapeau à la main.
Vers le milieu, l'inscription, à la plume: « Le Roi ».
Dessin au crayon noir.
Haut.: 31 cm.; larg.: 15 cm.

175 HEIM (François-Joseph). — *Portraits de députés.*

I. Le *Comte Rambuteau.* La tête et le buste de profil à droite.

Haut. : 9 cm. ; larg. : 11 cm.

II. *Monsieur Jare.* De trois quarts à droite, vu à mi-corps, le chapeau à la main.
Signé de l'initiale H., à droite.

Haut. : 13 cm. 1/2; larg. : 11 cm.

III. *Monsieur Cumin-Gridaine.* En buste, la tête de profil à droite, favoris et lunettes.
Signé de l'initiale H., à droite.

Trois dessins au crayon noir.

Haut. : 9 cm. ; larg. : 11 cm.

176 HEIM (François-Joseph). — *Portraits de députés.*

I. Le *Baron Louis.* Tête et buste de trois quarts à droite, les cheveux frisés, la face rasée.
Signé de l'initiale H., à droite.

II. *Monsieur André (du Haut-Rhin).* De face, vu jusqu'à la ceinture, la tête chauve, la figure rasée, la redingote fermée.
Signé de l'initiale H., à gauche.

Haut. : 17 cm. 1/2; larg. : 13 cm. 1/2.

III. Le *Comte de la Bare.* Tête et buste de profil à droite, la face rasée, la redingote fermée.

Trois dessins aux deux crayons.

Haut. : 11 cm. 1/2; larg. : 10 cm. 1/2.

177 HEIM (François-Joseph). — *Portraits de députés.*

I. *Monsieur Madier de Montjau.* Vu à mi-corps, de trois quarts, la figure rasée, une main dans l'encolure de l'habit.
Signé de l'initiale H., à gauche.

Haut.: 21 cm. 1/2; larg.: 14 cm.

II. *Monsieur Dupont (de l'Eure).* De face, vu à mi-corps, la figure rasée, l'habit fermé, la main gauche dans la poche du pantalon.
Signé de l'initiale H., à gauche.

Haut. : 13 cm.; larg. : 12 cm. 1/2.

III. *Monsieur Charles Lamette.* De face, vu à mi-corps, la figure rasée, l'habit ouvert, les deux mains dans les poches du pantalon.
Trois dessins aux deux crayons.

Haut.: 21 cm.; larg.: 14 cm.

178 HEIM (François-Joseph). — *Portraits de députés.*

I. *Monsieur Auguste Périer.* De face, vu à mi-corps, les cheveux frisés, la face rasée, l'habit fermé.
Signé de l'initiale H., à gauche.

Haut.: 16 cm.; larg.: 11 cm. 1/2.

II. Le *Vicomte de Gastempe.* De trois quarts à droite, la face rasée, habit ouvert, vu à mi-corps.

Haut.: 16 cm.; larg.: 15 cm. 1/2.

III. *Monsieur de Kératry.* De trois quarts à droite, les cheveux relevés, la face rasée, l'habit entr'ouvert, les mains sur la ceinture.
Signé de l'initiale H., à gauche.
Trois dessins aux deux crayons.

Haut.: 16 cm.; larg.: 15 cm.

179 HERVIER (Adolphe), 1821-1879. — *Au village.*

Au seuil d'une chaumière, au milieu des volailles et des provisions de ménage, une femme, assise, fait la toilette de son enfant. En face d'elle, une villageoise, debout, tient son marmot sur les bras. Vers la gauche, un enfant assis près d'un grand panier à légumes.
Signé à droite et daté, 1864.
A gauche, l'inscription à la plume: Caen, 6 septembre, 64

Aquarelle.

Haut.: 13 cm.; larg.: 16 cm. 1/2.

180 HUET (Jean-Baptiste), 1745-1811. — *La Toilette de Vénus.*

Autour de Vénus, assise et à demi nue, s'empressent plusieurs femmes qui vont la coiffer. Devant la déesse, un amour tient un grand miroir.
A gauche, cachet de la vente Cals.

Dessin à l'encre de Chine, rehaussé d'aquarelle. — Haut.: 14 cm. 1/2; larg.: 19 cm. 1/2

181 HUET (Paul), 1803-1869. — *Paysage.*

Au premier plan à droite, des chasseurs dans une barque sont à l'affût dans les roseaux. A gauche, un bouquet de grands arbres. Dans le fond, le soleil couchant.
Signé des initiales P. H., à gauche.

Aquarelle.

Haut.: 16 cm.; larg.: 27 cm.

182 INGRES (Jean-Dominique), 1780-1867. — *Portrait de M. Alaux, directeur de l'Académie de France à Rome.*

Il est vu de trois quarts à gauche, à mi-corps, en redingote.
Signé à gauche et daté, 1818, Rome.
N° 329 du catalogue de l'Exposition centennale de l'Art français, 1889.

Dessin à la mine de plomb.
Haut.: 20 cm.; larg.: 15 cm.

183 INGRES (Jean-Dominique). — *Etude pour le rêve d'Ossian.*

A droite, un homme debout, à demi caché par un bouclier rond; à gauche, une femme nue.
Dans le haut, une variante de ce motif représente la même femme, drapée.
Signé à gauche.
Etude pour le tableau peint en 1812 pour le plafond de l'une des pièces de l'appartement que Napoléon devait occuper au palais de Monte Cavallo.

Dessin à la mine de plomb.
Haut.: 42 cm.; larg.: 34 cm. 1/2.

184 INGRES (Jean-Dominique). — *Etude pour l'Œdipe.*

Un jeune homme nu, debout, vu presque de dos, la main gauche sur la hanche, la droite levée, la tête légèrement renversée en arrière.
Signé à gauche : *Ing.*
Collection Paul Flandrin.

Dessin à la mine de plomb.
Haut.: 23 cm.; larg.: 12 cm.

185 ISABEY (Eugène), 1804-1886. — *En Bretagne.*

Une ruelle en escalier; à droite, une maison avec grande porte blanche.
A gauche, cachet de la vente Isabey.
N° 180 du catalogue de la vente Isabey, 30 mars 1887.

Aquarelle.

Haut.: 17 cm.; larg.: 24 cm.

186 ISABEY (Eugène). — *Intérieur d'église.*

Dans la nef d'une église ogivale des fidèles sont agenouillés.

Dessin au crayon noir et au fusain.

Haut.: 31 cm.; larg.: 17 cm.

187 JONGKING (Johan-Barthold), 1819-1891. — *Soleil couchant.*

Au milieu, au premier plan, une barque de pêche, est à sec sur le rivage. A gauche, la mer, que domine un phare se détachant sur le ciel.
Signé à gauche.

Aquarelle.

Haut.: 21 cm. 1/2; larg.: 22 cm. 1/2.

188 JONGKIND (Johan-Barthold). — *Paysage aux environs de Rotterdam.*

Dans un pâturage traversé par un petit canal, des vaches paissent auprès d'un moulin.
Signé à droite, avec dédicace : A son ami Cals, Jongkind, Paris, le 23 mars 1862.
N° 323 du catalogue de la vente Cals, 16 février 1881.

Aquarelle.

Haut.: 26 cm.; larg.: 37 cm.

189 JONGKIND (Johan Barthold). — *La Plage de Sainte-Adresse.* 1100

Devant les maisons des pêcheurs, plusieurs barques sont échouées sur le sable; à droite, la mer.
Signé à gauche et daté, Sainte-Adresse, 1862.

Aquarelle.
Haut.: 21 cm. 1/2; larg.: 23 cm. 1/2.

190 JONGKIND (Johan Barthold). — *Effet de neige.* 580

La neige couvre une route dont les deux côtés sont bordés par des maisons et des champs entourés de haies.
Signé à gauche et daté, 28 janvier 1880.

Aquarelle.
Haut.: 15 cm. 1/2; larg.: 24 cm. 1/2.

191 JONGKIND (Johan Barthold). — *Plage à marée basse.* 2130

Beau

A droite, des falaises et des maisons; à gauche, un homme avec un cheval; dans le fond, un bateau à voiles.
Signé à droite.

Aquarelle.
Haut. : 21 cm. 1/2; larg. : 32 cm. 1/2.

192 JONGKIND (Johan Barthold). — *Plage de Villerville.* 2300

assez Beau

Sur le sable, trois bateaux sont à demi échoués.
A droite, un pêcheur.
Signé à gauche et daté, vers le milieu, Villerville, 18 août 1854.

Aquarelle.
Haut.: 27 cm.; larg.: 42 cm. 1/2.

193 JONGKIND (Johan Barthold). — *Une plage.*

A marée basse, des pêcheurs se tiennent sur la plage. Dans le fond, la mer avec des bateaux à voile. Signé deux fois: à droite, et au milieu, vers la gauche.

Aquarelle.

Haut.: 23 cm. 1/2; larg.: 28 cm. 1/2.

194 JONGKIND (Johan Barthold). — *Plage.*

Au pied d'une falaise s'étend une plage avec de gros rochers.
Dans le ciel, quelques nuages.
Signé à droite et daté, 24 septembre 1862.

Aquarelle.

Haut.: 24 cm.; larg.: 31 cm.

195 JONGKIND (Johan Barthold). — *La Jetée.*

Au centre, la jetée s'allonge vers la mer, sous un ciel bleu. A l'entrée du port, à droite, des bateaux sont échoués à marée basse.
Signé à droite et daté, 1864.

Aquarelle.

Haut.: 14 cm.; larg.: 28 cm.

196 JONGKIND (Johan Barthold). — *Bateaux dans un port.*

Trois bateaux sont amarrés le long d'un quai.
Au fond, des arbres et des maisons.
Signé à droite.

Aquarelle.

Haut.: 27 cm.; larg.: 31 cm.

197 JONGKIND (Johan Barthold). — *Intérieur d'un port.*

A droite, un grand navire; au fond, des arbres et des maisons.

Haut.: 20 cm.; larg.: 20 cm. 1/2.

198 JONGKIND (Johan Barthold). — *Paysage.*

A droite, un chemin bordé de chaumières longe une rivière.
Dans le fond, une rangée d'arbres.
Signé à droite, et daté à gauche, 8 mars 1856.

Dessin au crayon noir.

Haut.: 18 cm.; larg.: 27 cm. 1/2.

199 LAGNEAU (XVIe siècle). — *Portrait de vieillard.*

En vêtement à col et revers de fourrure, il est vu de trois quarts à droite, le nez aquilin, le large front découvert.
Il est coiffé d'une calotte noire, et porte autour du cou une collerette tuyautée.
N° 519 du catalogue de l'Exposition des Portraits français, à la Bibliothèque nationale, 1907.

Dessin au crayon de couleur.

Haut.: 42 cm. 1/2; larg.: [illegible] cm. 1/2.

200 LAMI (Eugène), 1800-1890. — *Simone (Conte d'Alfred de Musset).*

Au premier plan, Simone, une fleur à la main, est agenouillée près du corps inanimé de son ami; dans le fond, les hallebardiers de l'escorte.

N° 97 du catalogue de la vente de la collection de Mme Denain, sociétaire de la Comédie-Française, 6 avril 1893.

Aquarelle.

Haut.: 11 cm.; larg.: 15 cm.

201 LAMI (Eugène). — *Saint-Georges.*

Revêtu de son armure, les jambes nues, et monté sur un cheval blanc, il terrasse le dragon; derrière lui, son manteau rouge flotte au vent.

Aquarelle.

Haut. : 10 cm.; larg. : 7 cm. 1/2.

202 LAMI (Eugène). — *Horse-Guard.*

Vêtu d'une tunique rouge recouverte d'une cuirasse et d'une culotte blanche, coiffé d'un casque à panache blanc, il est monté sur un cheval noir, la main droite tenant l'épée levée.

Signé des initiales E. L., à droite.

Aquarelle.

Haut.: 19 cm. 1/2; larg.: 15 cm.

203 LAMI (Eugène). — *Etude de chevaux.*

A gauche, un cheval gris avec selle rouge; à droite, une étude de croupe.

Vente Eugène Lami, 1891.

Aquarelle.

Haut.: 21 cm.; larg.: 30 cm.

204 LAMI (Eugène). — *Projet pour une cheminée monumentale.*

Entre deux cariatides, le manteau d'une grande cheminée est orné d'une peinture représentant un vase de fleurs. Dans l'âtre, deux grands chenets.
Vente Eugène Lami, 1891.

Aquarelle.

Haut. : 33 cm.; larg. : 18 cm.

205 LAMI (Eugène). — *Motif de décoration pour un plafond.*

Ornements et arabesques entrelacés, à décor de fleurs et de feuillages.

Aquarelle.

Haut.: 36 cm. 1/2; larg.: 26 cm.

206 LHERMITTE (Léon). — *Tête de femme.*

Elle est vue de profil à droite, le cou découvert, les cheveux noirs.
Signé à droite, avec dédicace : à M. Dupont, L. Lhermitte.

Dessin au fusain.

Haut.: 38 cm.; larg. : 22 cm. 1/2.

207 MANET (Edouard), 1832-1883. — *Etude pour l'Olympia.*

La jeune femme, vue de profil, nue, la jambe gauche étendue, la jambe droite légèrement relevée, s'appuie sur un coussin.
Initiales E. M., vers la droite.

Dessin à la sanguine.

Haut. : 16 cm. 1/2; larg. : 42 cm. 1/2.

208 MENZEL (A. Von), 1815-1905. — *Ouvrier assis.* 1000

Il est assis, vu presque de face, les bras appuyés sur les genoux, les mains croisées.
Signé à gauche.
N° 63 du catalogue de la vente Duranty, 28 janvier 1881.

Dessin au crayon noir.
Haut. : 20 cm. 1/2; larg. : 25 cm.

58 dessins de Millet.

25000. 209 MILLET (Jean-François), 1814-1875. — *Le Bouquet de marguerites.* 32 000

Reproduit

Sur le rebord d'une fenêtre, un gros bouquet de marguerites blanches s'épanouit dans un vase bleu, à côté duquel sont posés une pelote à épingles et des ciseaux.
Dans le fond, à demi cachée par les fleurs, apparaît la tête d'une jeune fille.
Signé à gauche.
N° 12 du catalogue de la vente Gavet, février 1875. (3150 Vte Gavet Vendu 10000 par Tempelaere)
N° 104 du catalogue de l'Exposition J.-F. Millet à l'Ecole des Beaux-Arts, Paris, 1887.
N° 423 du catalogue de l'Exposition centennale de l'Art français, 1889.

Pastel.

Haut. : 67 cm.; larg. : 80 cm.

210 MILLET (Jean-François). — *Vue du Puy de Dôme.*

Des terrains vallonnés s'étendent au premier plan. Au fond, on aperçoit le Puy de Dôme dont le sommet est caché par des nuages à travers lesquels apparaît le soleil.
Signé à droite.
N° 88 du catalogue de la vente Gavet, février 1875.
N° 108 du catalogue de l'Exposition J.-F. Millet à l'Ecole des Beaux-Arts, Paris, 1887.
N° 1185 du catalogue de l'Exposition centennale de l'Art français, 1900.

Pastel.

Haut. : 47 cm.; larg. : 61 cm.

211 MILLET (Jean-François). — *Phœbus et Borée.*

Au bord de la mer, un homme à cheval, enveloppé dans un grand manteau, avance péniblement contre le vent. Au fond, à droite, une éclaircie dans le ciel.
Signé à droite.
N° 557 du catalogue de la vente Th. Rousseau, 25 avril 1868.
N° 45 du catalogue de la vente De Knyff, 22 mars 1877.
N° 419 du catalogue de l'Exposition centennale de l'Art français, 1889.
N° 416 du catalogue de l'Exposition J.-F. Millet à l'Ecole des Beaux-Arts, Paris, 1887.
N° 116 du catalogue de l'Exposition J.-F. Millet, à l'Ecole des Beaux-Arts, Paris, 1887.
N° 1184 du catalogue de l'Exposition centennale de l'Art français, 1900, sous le titre : *Le Voyageur.*

Pastel.

Haut. : 33 cm.; larg. : 46 cm.

212 MILLET (Jean-François). — *Bergères se chauffant.*

Deux bergères encapuchonnées se chauffent à un feu de broussailles; l'une, de profil, assise sur une motte de terre, tend les mains vers la flamme, tandis que l'autre, vue de dos, s'appuie sur un bâton et regarde le foyer. Dans le fond du paysage, des moutons sont en train de paître.
Signé à droite.
N° 114 du catalogue de l'Exposition J.-F. Millet à l'Ecole des Beaux-Arts, 1887.
N° 1183 du catalogue de l'Exposition centennale de l'Art français, 1900.

Dessin au crayon noir, rehaussé de pastel.
Haut.: 30 cm.; larg.: 37 cm.

213 MILLET (Jean-François). — *Paysant rentrant du fumier.*

A gauche, un mur où s'ouvre une porte dont un paysan franchit le seuil, en poussant devant lui une brouette pleine de fumier.
Au fond, une femme, suivie de quelques moutons, conduit un cheval chargé de sacs.
Signé à droite.

Aquarelle.
Haut.: 24 cm.; larg.: 31 cm.

214 MILLET (Jean-François). — *Daphnis et Chloé.*

Assis sur un tertre, au pied d'un terme de Priape, Daphnis tient un nid rempli de jeunes oiseaux auxquels Chloé, agenouillée, donne la becquée.
Initiales J. F. M., à droite.
N° 60 du catalogue de la vente J.-F. Millet, 10 mai 1875.
Première idée du tableau : Daphnis et Cholé (le Printemps) exécuté par l'artiste pour l'hôtel de M. Thomas, duc de Bojano, et décrit dans *l'Œuvre de J.-F. Millet*, par A. Sensier, page 286.
N° 76 du catalogue de l'Exposition J.-F. Millet à l'Ecole des Beaux-Arts, Paris, 1887.

Dessin au crayon noir, rehaussé de pastel.
Haut. : 34 cm. ; larg. : 19 cm.

215 MILLET (Jean-François). — *Paysage.*

Abrités par queles arbres, des chaumières bordent la droite d'un champ dont les terrains descendent en pente légère vers le premier plan.
Initiales J. F. M., à gauche.

Dessin à la plume, rehaussé d'aquarelle.
Haut. : 19 cm. ; larg. : 25 cm. 1/2.

216 MILLET (Jean-François). — *Le Prieuré de Vauville (Manche).*

Au premier plan, un repli de terrain; dans le fond, une barrière et un mur au delà duquel on aperçoit une chapelle et des toits.
A droite, l'inscription : Prieuré de Vauville.
A gauche, cachet de la vente Millet.
N° 110 du catalogue de la vente J.-F. Millet, 10 mai 1875.

Dessin à la plume, légèrement rehaussé de pastel et d'aquarelle.

Haut. : 17 cm.; larg. : 24 cm.

217 MILLET (Jean-François). — *Paysage.*

Au premier plan, un champ limité dans le fond, à droite, par un coteau.
A gauche, dans un repli de terrain, les maisons d'un village qu'abritent de grands arbres.
Initiales J. F. M., à gauche.
Vente J.-F. Millet, 10 mai 1875.

Dessin rehaussé d'aquarelle.

Haut. : 19 cm.; larg. : 28 cm. 1/2.

218 MILLET (Jean-François). — *Ferme du Lot, près Carteret (Manche).*

Abrités par de grands arbres, les bâtiments d'une ferme bordent la route qui va en s'élargissant vers le premier plan.
Initiales J. F. M., à gauche.
Vente J.-F. Millet, 10 mai 1875.
Dessin à la plume, rehaussé de lavis et de crayon de couleur.

Haut. : 17 cm.; larg. : 25 cm.

219 MILLET (Jean-François). — *Environs de Gréville.*
Au premier plan, une cour intérieure limitée au fond par une maison à tourelle que rejoignent les bâtiments d'une ferme.
Initiales J. F. M., à droite.
Vente J.-F. Millet, 10 mai 1875.

Dessin à la plume, rehaussé de lavis.
Haut. : 17 cm. ; larg. : 25 cm.

220 MILLET (Jean-François). — *Le Fond d'une vallée.*
Dans une vallée limitée à gauche par une montagne, un torrent est bordé à droite par un bois de sapins.
Initiales J. F. M., à gauche.

Dessin à la plume, rehaussé d'aquarelle.
Haut. : 10 cm. 1/2 ; larg. : 16 cm.

221 MILLET (Jean-François). — *Offrande à Pan.*
Des jeunes filles et des enfants enguirlandent un buste de Pan et lui apportent leurs offrandes ; au premier plan à droite, une femme nue trait une chèvre.
Initiales J. F. M., à gauche.
N° 174 du catalogue de l'Exposition J.-F. Millet à l'Exposition des Beaux-Arts, Paris, 1887.

Dessin au crayon noir.
Haut. : 33 cm. ; larg. : 20 cm.

222 MILLET (Jean-François). — *Le Cantonnier.*
La pipe à la bouche, il est assis sous une claie dans la forêt, et bat le briquet. A ses côtés, sa brouette, sa gourde, sa pelle et sa pioche.
Signé à droite.
N° 158 du catalogue de l'Exposition J.-F. Millet à l'Ecole des Beaux-Arts, Paris, 1887.

Dessin au crayon noir, rehaussé de blanc.
Haut. : 41 cm. ; larg. : 30 cm.

223 MILLET (Jean-François). — *Les Bêcheurs.*

Vus de profil vers la droite, deux laboureurs, ayant posé sur le sol leur veste et leur chapeau, se sont mis à l'ouvrage.
Celui de gauche enfonce sa bêche qu'il pousse du pied, tandis que l'autre retourne la terre.
Initiales J. F. M., à droite.
N° 195 du catalogue de la vente J.-M. Millet, 10 mai 1875.
N° 1182 du catalogue de l'Exposition centennale de l'Art français, 1900.

Dessin au crayon noir, pour le tableau du même sujet.
Haut. : 24 cm. ; larg. : 33 cm.

224 MILLET (Jean-François). — *L'Entrée de la forêt à Barbizon.*

Au premier plan, la route est couverte de neige. A gauche, un chasseur passe avec son chien.
Dans le fond, l'entrée de la forêt au-dessus de laquelle planent quelques corbeaux.
Initiales J. F. M., à droite.
N° 260 du catalogue de la vente Sensier, 8 décembre 1877.
N° 169 du catalogue de l'Exposition J.-F. Millet à l'Ecole des Beaux-Arts, Paris, 1887.

Dessin au crayon noir.
Haut. : 29 cm. ; larg. : 23 cm.

225 MILLET (Jean-François). — *Bergère appuyée sur son bâton.*

Une bergère, en grand manteau à capuchon relevé, est adossée contre un arbre, les mains appuyées sur son bâton et garde les moutons qu'on aperçoit à gauche.
Initiales J. F. M., à droite.
N° 129 du catalogue de la vente J.-F. Millet, 10 mai 1875.
N° 180 du catalogue de l'Exposition J.-F. Millet à l'Ecole des Beaux-Arts, Paris 1887.
N° 420 du catalogue de l'Exposition centennale de l'Art français, 1889.
N° 1181 du catalogue de l'Exposition centennale de l'Art français, 1900.

Dessin au crayon noir.

Haut. : 32 cm. ; larg. : 20 cm.

226 MILLET (Jean-François). — *Portrait de Madame J.-F. Millet.*

Assise, elle est vue de profil, le buste et la tête presque de face, le coude gauche appuyé sur le dossier de sa chaise.
Initiales J.-F. M., à droite,
N° 422 du catalogue de l'Exposition centennale de l'Art Français, 1889, sous le titre : « Paysanne assise ».

Dessin au crayon noir

Haut. : 35 cm. ; larg. : 27 cm.

227 MILLET (Jean-François). — *Le Vannier.*
Il est assis à terre et tresse un panier. Derrière lui, dans la pénombre, une femme accroche une corbeille au mur.
Initiales J. F. M., à droite.
N° 138 du catalogue de l'Exposition J.F. Millet à l'Ecole des Beaux-Arts, Paris 1887.

Dessin au crayon noir.
Haut.: 31 cm.; larg.: 22 cm.

228 MILLET (Jean-François. — *Bûcherons liant des fagots dans la forêt.*

Au premier plan, dans la forêt, une paysanne traîne des fagots. Dans le fond, deux hommes lient le bois qu'ils vienent de ramasser.
Initiales J. F. M., à gauche.
N° 261 du catalogue de la vente Sensier, 8 décembre 1877.
N° 135 du catalogue de l'Exposition J.-F. Millet à l'Ecole des Beaux-Arts, Paris, 1887.
N° 1180 du catalogue de l'Exposition centennale de l'Art français, 1900.
Dessin au crayon noir.
Haut.: 29 cm.; larg.: 48 cm.

229 MILLET (Jean-François). — *La Fuite en Egypte.*

Dans la nuit, sous le ciel étoilé, la Vierge accompagne Saint-Joseph, portant dans son manteau l'enfant Jésus.
Signé à gauche.
N° 126 du catalogue de l'Exposition J.-F. Millet à l'Ecole des Beaux-Arts, Paris, 1887.
N° 421 du catalogue de l'Exposition centennale de l'Art français, 1889.

Dessin au crayon noir.
Haut.: 25 cm.; larg.: 32 cm. 1/2.

230 MILLET (Jean-François). — *La Sainte Face.*

La tête du Christ, couronnée d'épines, est vue de face. Vers le milieu, l'inscription : *Sainte Face.*

Dessin à la plume et au crayon noir.
Haut. : 42 cm. ; larg. : 27 cm.

231 MILLET (Jean-François). — *Paysanne.*
Adossée contre une meule, une paysanne se repose.
Initiales J. F. M., à gauche.
N° 168 du catalogue de l'Exposition J.-F. Millet à l'école des Beaux-Arts, Paris 1887.

Dessin au crayon noir.
Haut. : 33 cm. ; larg. : 26 cm.

232 MILLET (Jean-François). — *Le Repos des Moissonneurs.*

A l'ombre d'un bouquet d'arbres, un moissonneur se repose près de deux femmes assises.
Sur le sol, à gauche, un râteau ; à droite, des faucilles.
Dans le fond, une charrette chargée de gerbes.
Initiales J. F. M., à droite.
N° 259 du catalogue de la vente Sensier, 8 décembre 1877.
N° 160 du catalogue de l'Exposition J.-F. Millet à l'Ecole des Beaux-Arts, Paris, 1887.

Dessin au crayon noir.
Haut. : 22 cm. ; larg. : 35 cm. 1/2.

233 MILLET (Jean-François). — *Saint Jérôme.*

Le Saint, tourné vers la gauche, est assis et contemple un crâne qu'il tient entre ses mains.
Initiales J. F. M., à droite.
N° 39 du catalogue de la vente Tillot, 14 mai 1887.
Reproduit dans *l'Œuvre de J.-F. Millet*, par A. Sensier, page 89.

Dessin à la sanguine.

Haut.: 27 cm.; larg.: 20 cm.

234 MILLET (Jean-François). — *Femme vue de dos.*

Elle est assise, les jambes repliées, la tête appuyée sur les bras.
Initiales J. F. M., à gauche.
N° 41 du catalogue de la vente Tillot, 14 mai 1887.
N° 418 du catalogue de l'Exposition centennale de l'Art français, 1889.

Dessin au crayon noir.

Haut.: 26 cm.; larg.: 19 cm.

235 MILLET (Jean-François). — *Etude de nu.*

Une femme nue est couchée sur un lit, le bas des jambes sous les draps, le bras gauche autour de la tête, le bras droit allongé.
Initiales J. F. M., à droite.
N° 148 du catalogue de l'Exposition J.-F. Millet à l'Ecole des Beaux-Arts, Paris, 1887.

Dessin au crayon noir.

Haut. : 15 cm. 1/2; larg. : 28 cm. 1/2.

236 MILLET (Jean-François). — *Ane portant des paniers.*

Vu de trois quarts, tourné vers la gauche, il porte sur le dos un bât avec deux paniers.
Initiales J. F. M., à droite.

Dessin au crayon noir.

Haut. : 19 cm.; larg. : 17 cm.

237 MILLET (Jean-François). — *L'Adoration des Mages.*

D'après le tableau de Ribéra (Musée du Louvre).

Dessin au crayon noir rehaussé de blanc, exécuté en 1843, pour le graveur Léchard.

Haut. : 38 cm. 1/2; larg. : 29 cm.

238 MILLET (Jean-François). — *Lisière de forêt.*

Au premier plan, à gauche, une route conduisant à l'entrée d'une forêt, vers laquelle se dirige une femme, un fagot sur le dos. Dans le ciel, quelques nuages blancs.
Signé à droite.

Dessin au crayon noir, rehaussé de blanc.

Haut. : 22 cm.; larg. : 23 cm.

239 MILLET (Jean-François). — *Dessin pour les œuvres de Fenimore Cooper.*

Dans la forêt, les trappeurs surprennent un camp de Peaux-Rouges et délivrent les captives.
Signé à gauche.
Dessin fait par l'artiste pour Bodmer, le paysagiste graveur.
N° 176 du catalogue de l'Exposition J.-F. Millet à l'Ecole des Beaux-Arts, Paris, 1887.

Dessin au crayon noir.

Haut. : 37 cm.; larg. : 50 cm.

240 MILLET (Jean-François). — *Dessin pour « Le Lac Ontario » par Fenimore Cooper.*

Au premier plan, un blessé qu'un homme soulève dans ses bras; à droite, devant un bois, un Peau-Rouge vient de scalper un homme étendu à ses pieds; à gauche, une maison avec des tirailleurs.
Signé à gauche.
Collection Bodmer.
N° 177 du catalogue de l'Exposition J.-F. Millet à l'Ecole des Beaux-Arts, Paris, 1887.

Dessin au crayon noir.
Haut. : 34 cm.; larg. : 49 cm.

241 MILLET (Jean-François). — *Paysage d'Auvergne (La Roche de Moncau).*

Au delà d'un champ se succèdent, étagées, les ondulations d'un haut plateau.
Initiales J. F. M., à droite.
A gauche des initiales, l'inscription : *Roches de Moncau-La Plate.*
N° 212 du catalogue de la vente Millet, 10 mai 1875.

Dessin à la plume.
Haut. : 19 cm.; larg. : 20 cm.

242 MILLET (Jean-François). — *Paysans piochant.*

Sous le ciel lourd, chargé d'orage, deux paysans sont en train de piocher. Dans le fond, passe une charrue traînée par deux chevaux.
Initiales J. F. M., à droite.

Dessin au crayon noir.
Haut. : 31 cm.; larg. : 23 cm.

243 MILLET (Jean-François). — *Etude de nu.*
Vue de dos, une femme nue se tient debout et met sa chemise.
Initiales J. F. M., à droite.

Dessin aux deux crayons.
Haut. : 31 cm.; larg. : 23 cm.

244 MILLET (Jean-François). — *Paysage.*
Au premier plan, à droite d'un buisson, deux grands pommiers dans un champ bordé d'une haie, derrière laquelle on aperçoit une ferme.
Initiales J. F. M., à gauche.

Dessin à la plume.
Haut. : 13 cm.; larg. : 20 cm.

245 MILLET (Jean-François). — *Le Repos des travailleurs.*
Un terrassier fume sa pipe, assis à côté d'un de ses camarades; un troisième, debout devant eux, s'appuie sur sa bêche.
Initiales J. F. M., à droite.
N° 276 du catalogue de la vente Sensier, 8 décembre 1877.

Dessin au crayon noir.
Haut. : 29 cm.; larg. : 22 cm.

246 MILLET (Jean-François). — *Homme assis.*
Il est vu de face, coiffé d'un chapeau, les jambes ployées, les coudes sur les genoux.
Initiales J. F. M., à gauche.

Dessin au crayon noir.
Haut. : 22 cm.; larg. : 19 cm. 1/2.

247 MILLET (Jean-François). — *Paysage avec meules.*

Au premier plan, un champ moissonné; dans le fond, à droite, adossées à un bois, deux meules à l'ombre desquelles se reposent des paysans et des paysannes. 650
Initiales J. F. M., à droite.
Première idée du *Paysage avec meules*, n° 241 du catalogue des tableaux anciens et modernes de la collection Henri Rouart, Paris, décembre 1912.

Dessin au crayon noir.
Haut. : 17 cm.; larg. : 27 cm.

248 MILLET (Jean-François). — *Bergère appuyée sur un bâton.*
500 Elle est vue de face, le capuchon de son manteau ramené sur la tête, le menton posé sur ses mains appuyées sur un bâton. 750
Initiales J. F. M., à droite.

Dessin au crayon noir.
Haut. : 31 cm.; larg. : 20 cm.

249 MILLET (Jean-François). — *Une fileuse.*

600 Une paysanne, debout, tourne de sa main droite la roue d'un dévidoir dont le fil passe dans sa main gauche. 700
Dans le haut, étude de mains.
Initiales J. F. M., à gauche.
Reproduit dans *l'Œuvre de J.-F. Millet*, par A. Sensier, page 14.

Dessin à la mine de plomb.
Haut. : 24 cm.; larg. : 9 cm. 1/2.

250 MILLET (Jean-François). — *Femme accroupie.*

Vue de face, la tête tournée vers la droite et appuyée sur le genou relevé, le bras gauche écarté du corps.
Initiales J. F. M., à gauche.
Cachet de la vente, à gauche.
Dessin au crayon noir.

Haut. : 23 cm.; larg. : 15 cm.

251 MILLET (Jean-François). — *Etude de femme.*

Assise par terre et vue de profil à droite, une femme nue appuie sa tête sur le genou droit et pose ses deux mains sur l'autre.
Initiales J. F. M., à droite.
Dessin au crayon noir.

Haut. : 19 cm.; larg. : 15 cm.

252 MILLET (Jean-François). — *Lisière de forêt.*

Deux paysans travaillent dans un champ près de la lisière d'une forêt.
Initiales J. F. M., à droite.
Dessin au crayon noir.

Haut. : 21 cm.; larg. : 29 cm.

253 MILLET (Jean-François). — *Etudes de femmes.*

Une femme nue, le bras gauche en avant et vue à mi-corps, porte une corbeille. A droite, une variante du même sujet. Vers le milieu, un homme vu jusqu'à la ceinture et penché vers la gauche.
Initiales J. F. M., à droite.
N° 277 du catalogue de la vente Sensier, 8 décembre 1877.
Dessin au crayon noir.

Haut. : 21 cm.; larg. : 29 cm.

254 MILLET (Jean-François). — *Un port de mer.* 330

A droite, au bord de la mer, les maisons du port et un phare.
Initiales J. F. M., à gauche. peu intéressant.

Dessin à la plume.

Haut. : 9 cm.; larg. : 26 cm.

255 MILLET (Jean-François). — *La Baratteuse.* 310

Une paysanne est en train de baratter, son chat à côté d'elle.
Dans le fond, des sacs et des jarres.
Initiales J. F. M., à droite.

Dessin au crayon noir.

Haut. : 16 cm.; larg. : 12 cm.

256 MILLET (Jean-François). — *Bergère tricotant.* 700

La jeune femme, vue debout, de trois quarts à gauche, un bâton suspendu à son poignet droit, travaille à son tricot.
Initiales J. F. M., à droite.

Dessin au crayon noir.

Haut. : 19 cm.; larg. : 12 cm. 1/2.

257 MILLET (Jean-François). — *Trois croquis.*

I. — Dans la plaine, deux paysans se tiennent près d'un bouquet d'arbres.

Dessin au crayon noir.

Haut. : 8 cm.; larg. : 13 cm.

II. — Effet de soir.
Initiales J. F. M., à gauche.

Dessin au crayon noir.

Haut. : 5 cm. ; larg. : 8 cm.

III. — Effet d'hiver; une plaine, et, dans le fond, des arbres et des toits.

Dessins au crayon noir.

Haut. : 7 cm. 1/2; larg. : 12 cm.

258 MILLET (Jean-François). — *Les Premiers Pas.*

Un paysan accroupi tend les bras à un enfant qu'une femme essaye de faire marcher.
Initiales J. F. M., à droite.

Dessin au crayon noir.

Haut. : 13 cm.; larg. : 19 cm.

259 MILLET (Jean-François). — *Satyre et jeune berger.*

Un satyre apprend à jouer de la flûte à un jeune enfant nu.

Dessin à la mine de plomb.

Ovale. — Haut. 13 cm.; larg. : 10 cm.

260 MILLET (Jean-François). — *Paysanne assise.*
Elle est vue de trois quarts, la tête de face.
Initiales J. F. M., à droite.

Dessin au crayon noir.
Haut. : 20 cm. 1/2; larg. : 13 cm.

261 MILLET (Jean-François). — *Enfant endormi dans les champs.*

Il est blotti dans la paille, la tête appuyée sur le bras gauche.
Initiales J. F. M., à droite.

Dessin au crayon noir.
Haut. : 18 cm.; larg. : 25 cm.

262 MILLET (Jean-François). — *Trois Paysages.*

I. — Effet de soir : le retour des champs.

Dessin au crayon noir.
Haut. : 7 cm. 1/2; larg. : 19 cm.

II. — Bords d'une rivière.
Initiales J. F. M., à gauche.

Dessin au crayon noir.
Haut. : 5 cm. ; larg. : 8 cm.

III. — Etude de collines.
Initiales J. F. M., à droite.

Dessin au crayon noir.
Haut. : 14 cm.; larg. : 24 cm.

263 MILLET (Jean-François). — *Paysanne. Paysans endormis.*

I. — Paysanne en bonnet et vue de profil à droite.
Initiales J. F. M., à droite.
Reproduit dans *l'Œuvre de J.-F. Millet*, par A. Sensier, page 355.

Dessin au crayon noir.
Haut. : 14 cm.; larg. : 16 cm.

II. — Paysans endormis; l'homme étendu sur le dos, à côté de lui, sa femme, la tête sur son épaule.
Initiales J. F. M., à droite.

Dessin au crayon noir.
Haut. : 10 cm. 1/2; larg. : 15 cm. 1/2.

264 MILLET (Jean-François). — *Le Retour des Champs*

(Etude pour l'eau-forte du même sujet).
Sa journée finie, un paysan, sa fourche sur l'épaule, rentre au logis avec sa femme qui marche devant lui.
Initiales J. F. M., à gauche.

Dessin au crayon noir.
Haut. : 23 cm. 1/2; larg. : 20 cm. 1/2.

265 MILLET (Jean-François). — *Le Départ pour le travail.*

Eau-forte.
Haut. : 38 cm. 1/2; larg. : 31 cm.

266 MILLET (Jean-François). — *La Grande Bergère.*

Eau-forte.
Haut. : 31 cm. 1/2; larg. 23 cm. 1/2.

267 MORISOT (Berthe), 1841-1895. — *Femme et Enfants au bord de la mer.*

Près d'une femme en deuil assise sur la plage et vue presque de face, deux fillettes jouent dans le sable. Dans le fond, sur la mer, des barques à voiles.
Signé à droite.
N° 1209 du catalogue de l'Exposition cennenale de l'Art français, 1900.

Aquarelle.

Haut. : 16 cent.; larg. : 12 cm.

268 PISSARRO (Camille), 1830-1903. — *Route à la sortie d'un village.*

Au bord d'une route où circulent des promeneurs, une église dont la tour se détache sur le ciel chargé de neige. A droite, une rangée de maisons.
Signé à gauche.

Aquarelle gouachée.

Haut. : 19 cm.; larg. : 24 cm.

269 POUSSIN (Nicolas), 1594-1665. — *Mars et Vénus.*

Entourés d'amours, le dieu et la déesse se reposent sur des coussins, au pied d'un arbre, à côté duquel on aperçoit un grand vase sculpté, à décor d'arabesques.
Signé à droite.

Dessin à la plume, rehaussé de sépia.

Haut. : 45 cm.; larg. : 35 cm.

270 PRUD'HON (Fierre), 1758-1823. — *L'Ame brisant les liens qui l'attachent à la terre.*

Vue de profil à gauche, une femme nue et ailée s'envole, les bras tendus vers le ciel.
A ses pieds, à droite, un serpent au milieu des vapeurs jaillissant de la terre.
A droite, cachet de la vente Boisfremont.
N° 13 du catalogue de la vente de Boisfremont, 9 avril 1870.
N° 213 du catalogue de l'Exposition Prud'hon à l'Eocle des Beaux-Arts, Paris, 1874.

Dessin aux deux crayons.
Haut. : 42 cm.; larg. : 32 cm.

271 PRUD'ON (Pierre). — *Femme debout, appuyée sur une rame.*

La tête tournée vers le spectateur, une femme nue est vue debout, de profil à gauche, la jambe ployée, le bras gauche tendu et légèrement écarté du corps.
N° 46 du catalogue de la vente Boisfremont, 9 avril 1870.
N° 427 du catalogue de l'Exposition Prud'hon à l'Ecole des Beaux-Arts, Paris, 1874.
N° 1252 du catalogue de l'Exposition centennale de l'Art français, 1900.

Dessin aux deux crayons.
Haut. : 62 cm.; larg. : 41 cm.

272 PRUD'HON (Pierre). — *Jeune fille.*

Elle est vue de profil à droite, la tête couverte d'un châle d'où s'échappent quelques mèches de cheveux.

Dessin à la plume, rehaussé de sépia.
Haut. : 10 cm.; larg. : 13 cm.

273 PRUD'HON (Pierre). — *Baigneuse.*
Les pieds dans l'eau et assise sur un rocher, elle arrange ses cheveux. A côté d'elle, à gauche, un amour.

Dessin aux deux crayons.
Haut. : 21 cm.; larg. : 15 cm.

274 PRUD'HON (Pierre). — *Etude de tête.*
Un homme est vu de face, la tête légèrement inclinée vers l'épaule droite, les cheveux ondulés, la barbe frisée et courte.

Dessin aux deux crayons.
Haut. : 13 cm.; larg. : 9 cm.

275 PRUD'HON (Pierre). — *Trois Portraits.*

I. — Un homme assis, vu de profil à droite.
Dessin aux deux crayons.
Haut. : 4 cm. 1/2; larg. : 3 cm. 1/2.

II. — Madame Jarre, assise, vue à mi-corps, et presque de face.

Dessin aux deux crayons.
Haut. : 10 cm.; larg. : 8 cm.

III. — Près d'une fenêtre, un homme vu de profil à gauche.
N° 13 du catalogue de la vente Boisfremont, 9 avril 1870.

Dessin aux deux crayons.
Haut. : 4 cm. 1/2; larg. : 3 cm. 1/2.

276 PUVIS DE CHAVANNES (Pierre), 1824-1898. — *La Famille du pêcheur.*

Au premier plan, à gauche, une femme assise, le torse nu, les jambes drapées dans une étoffe bleue, soutient un enfant qui cherche à marcher. A droite, un vieillard est couché sur le sol. Plus loin, au bord de la mer, un pêcheur suspend un filet à un arbre.
Dans le haut, à droite, la dédicace : *A W. Thornley, cordialement, P. Puvis de C.*
Première pensée du tableau du Musée de Dresde.

Aquarelle.

Haut. : 12 cm.; larg. : 10 cm. 1/2.

277 PUVIS DE CHAVANNE (Pierre). — *Torse de femme.*

Nue, les bras ramenés derrière le dos, la tête de profil à droite et légèrement inclinée, une jeune femme est vue à mi-corps, les cheveux tombant sur les épaules.
Dans le haut, à droite, une tête de cheval.
A gauche, la dédicace : *A W. Thornley, cordialement, P. Puvis de C.*
Dessin pour le tableau : *La Guerre* (Musée de Picardie, à Amiens).

Haut. : 36 cm.; larg. : 22 cm.

278 PUVIS DE CHAVANNE. — *La Vigilance.*

Elle est représentée sous les traits d'une femme en costume antique, debout sur un promontoire au bord de la mer, et tenant dans la main droite une lampe allumée.
Signé à droite, avec inscription : « La Vigilance ».

Dessin à la sanguine.

Haut. : 25 cm.; larg. : 9 cm. 1/2.

12 dessin de Th Rousseau

279 ROUSSEAU (Théodore), 1812-1867. *Fermes sous bois.* Beau. J'ai eu idée de le pousser. 2000

3000

Au premier plan, un chemin conduit à des maisons basses, à toits de chaume, qu'abritent de grands arbres.
Aquarelle.
A droite, cachet de la vente Th. Rousseau.

Aquarelle.

Haut. : 11 cm. 1/2; larg. : 19 cm. 1/2.

280 ROUSSEAU (Théodore). — *Les Blés.*

1200

Un chemin traverse un champ de blé. Dans le fond du paysage, des arbres et des maisons. 1600
A gauche, cachet de la vente Th. Rousseau.

Aquarelle.

Haut. : 9 cm. 1/2; larg. : 16 cm.

281 ROUSSEAU (Théodore). — *Paysage.*

A droite, la lisière d'un bois où les teintes de l'automne apparaissent déjà parmi la verdure. Au centre et à gauche, une clairière que traverse un étroit sentier, près de quelques blocs de rochers. 2500
A gauche, cachet de la vente Th. Rousseau.

1800

Aquarelle.

Haut. : 13 cm.; larg. 20 cm. 1/2.

282 ROUSSEAU (Théodore). — *Le Grand Chêne.*

Au premier plan, un grand chêne; à gauche, sous les arbres, des maisons basses et des huttes recouvertes de chaume.
A droite, cachet de la vente Th. Rousseau.
N° 133 du catalogue de la vente Hadengue-Sandras, 2 février 1880.
N° 1302 du catalogue de l'Exposition centennale de l'Art français, 1900, sous le titre : *Dans les landes.*

Dessin au crayon noir.
Haut. : 50 cm.; larg. : 64 cm.

283 ROUSSEAU (Théodore). — *Les Bords de la Seine, près Melun.*

Le fleuve coule dans une large vallée limitée par de vastes prairies où paissent des vaches.
N° 248 du catalogue de la vente Th. Rousseau, 25 avril 1868.
N° 518 du catalogue de l'Exposition centennale de l'Art français, 1889, où ce dessin était catalogué par erreur sous le titre « Plaine avec canal dans les Landes ».

Dessin à la plume.
Haut. : 22 cm.; larg. : 28 cm.

284 ROUSSEAU (Théodore). — *Chênes dans la forêt de Fontainebleau (Gorges d'Apremont).*

Au premier plan, une clairière, bordée, par des chênes qui ferment le fond du paysage.
A droite, cachet de la vente Th. Rousseau.

Dessin à l'encre de Chine, rehaussé de sépia.
Haut. : 16 cm.; larg. : 24 cm.

285 ROUSSEAU (Théodore). — *Arbres et rochers dans la forêt de Fontainebleau.*

Au premier plan, une clairière; plus loin, des arbres, des rochers et des buissons.
A droite, cachet de la vente Th. Rousseau.

Dessin à la mine de plomb, rehaussé de sépia.
Haut. : 18 cm.; larg. : 20 cm. 1/2.

286 ROUSSEAU (Théodore). — *Le Long Rocher dans la forêt de Fontainebleau.*

Des coteaux limitent le fond d'une plaine vallonnée.
A gauche, cachet de la vente Th. Rousseau.

Dessin à l'encre de Chine.
Haut. : 20 cm.; larg. : 27 cm.

287 ROUSSEAU (Théodore). — *Pommiers de la Belle-Marie (près Barbizon).*

Des pommiers sont disséminés dans une prairie parsemée de rochers.
Dans le fond, un village.
A gauche, cachet de la vente Th. Rousseau.
N° 351 du catalogue de la vente Th. Rousseau, 25 avril 1868.
N° 318 du catalogue de la vente Sensier, 10 décembre 1877.

Dessin à la plume, rehaussé de lavis.
Haut. : 10 cm. 1/2; larg. : 13 cm. 1/2.

288 ROUSSEAU (Théodore). — *Le Mont Blanc, vu du Col de la Faucille.*

Au premier plan, à droite, une route côtoie les sommets. Plus loin, au delà d'une vallée, la chaîne des montagnes.
A droite, cachet de la vente Th. Rousseau.
N° 49 du catalogue de la vente Tillot, 14 mai 1887.

Dessin à la mine de plomb.
Haut. : 23 cm.; larg. : 30 cm.

289 ROUSSEAU (Théodore). — *Paysage.*

Une grande plaine s'étend à l'horizon jusqu'au pied des montagnes. Quelques nuages dans le ciel.
A droite, cachet de la vente Th. Rousseau.

Dessin à la plume.
Haut. : 13 cm.; larg. :20 cm.

290 ROUSSEAU (Théodore). — *Paysage.*

Au premier plan, un chemin bordé d'arbres et de buissons. Dans le fond, un clocher de village.
A gauche, cachet de la vente Rousseau.

Dessin au fusain.
Haut. : 26 cm.; larg. : 30 cm.

291 TASSAERT (Octave), 1807-1874. — *Tête de jeune fille.*

Elle est vue de profil à gauche, coiffée d'un large ruban noir, les cheveux nattés tombant sur la joue.
Signé vers la droite.

Dessin aux trois crayons.

Haut. : 37 cm. 1/2; larg. : 28 cm. 1/2.

292 TASSAERT (Octave). — *Pauvres enfants.*

Une femme et une petite fille sont assises, épuisées, au seuil d'une porte; la petite fille appuie sa tête sur les genoux de la femme.
Signé à gauche.
Cité dans : *Octave Tassaert*, par Bernard Prost, n° 429, page 56.

Dessin à la sanguine.

Haut. : 34 cm.; larg. : 25 cm.

293 TIEPOLO (Dominique), 1726-1795. — *La Trinité.*

Au pied de la Croix, au milieu des anges, Dieu le Père tient dans ses bras le Christ nu et couronné d'épines. Au-dessus d'eux, plane le Saint-Esprit, sous la forme d'une colombe.
Signé à gauche.

Dessin à la sépia.

Haut. : 24 cm.; larg. : 10 cm. 1/2.

800 294 TIEPOLO (Dominique). — *Centaure enlevant une femme.* 600

A gauche, un Centaure galope avec une femme en croupe. A droite, un enfant se presse contre un vieillard qui tend les bras vers le ravisseur. Dans le ciel, un amour ailé.
Signé vers le milieu.

Dessin à la sépia.

Haut. : 25 cm.; larg. : 29 cm.

500 295 TIEPOLO (Dominique). — *Centaure et Femme.* 550

Un Centaure accroupi tient une femme entre ses bras. Au-dessus de leurs têtes, volent deux amours.
Signé à droite.

Dessin à la sépia.

Haut. : 24 cm.; larg. : 30 cm.

5000 296 VIGEE (Louis), exposa au Salon entre 1750-1760. — *Portrait d'homme.* Knoedler. 5700

Assis et vu à mi-corps de trois quarts à droite, les cheveux poudrés, l'habit gris, le col et la cravate de mousseline blanche, la main droite passée sous l'habit déboutonné, son chapeau sous le bras gauche.
N° 106 du catalogue de la vente Marcille, 6 mars 1876.

Pastel. Vient de Brame (d'une vente de Roblin)

Haut. : 64 cm. 1/2; larg. : 54 cm.

297 VILLEVIEILLE (Léon), 1826-1863. — *Paysage.* 240

Au premier plan, près d'une barque, deux vaches viennent se désaltérer à la rivière. A droite, un rideau d'arbres.
Signé à gauche.

Dessin au crayon noir.

Haut. : 16 cm. ; larg. : 15 cm.

5 Bosio [illegible] 8 Degas
10 S Boudon [illegible]
11 Cals
12 Id —
15 Corot Daubigny
33 23 Daumier 31 La Parade foraine + 34 Le Concert
2 David
68 Decamps
69 Delacroix (63 nos)
Granet (7 nos)
Ingres (3 nos) Lamy (6)
n° 207 Manet l'Olympia
Millet (58 dessins)
[illegible] Prud'hon
n° 267 P. de Chavannes 3 dessins
2 Tassaert
voir Th Rousseau ([illegible])

163 Granet à acheter
33
34.
32
31
17 Corot à acheter

6 Bosio. Le Concert. — OSX
17 Corot A Castel Sᵗᵉ Elie — PTSX
163 Granet Interieur de Couvent — ASX
33 Daumier (aquarelle) au Théâtre — ESXX
34 — id — Crayon noir & plume Le Concert ASXX
32 — id — (aquarelle) Gare Sᵗ Lazare —
75 Degas Danseuse debout éventail
81 Delacroix aquarelle Intérieur
98 — id — Gorges d'Ollioules près Toulon aquarelle
279 Th Rousseau Fermes sous bois aquarelle
267 B. Morizot aquarelle. au bord de la mer
25 Corot (début) Environs d'Albano —
215 Millet Paysage. aquarelle (Reproduit) PESX
217 — id — Paysage aquarelle. —
227 Millet. Le vannier. — NTSX
281 Th Rousseau. Paysage — aquarelle —

Postes & Télégraphes

Cabinet.

Bibliothèque.

République Française.

Paris, le 14 Dec 1982.

Cher Monsieur,

Le n° 78 des dessins Rouart Marocain vu de dos est certainement de Auguste. Vous, moi, n'en pouvons douter.

Cordialement à vous

Charles [illegible]

Son origine (Carrier) aide encore à l'authentification.

www.ingramcontent.com/pod-product-compliance
Ingram Content Group UK Ltd.
Pitfield, Milton Keynes, MK11 3LW, UK
UKHW020923180726
13838UKWH00002B/712